착한 소가 웃는다

# 착한 소가 웃는다

2013년 4월 30일 초판 1쇄 펴냄
2014년 1월 10일 초판 3쇄 펴냄

**펴낸곳** (주)도서출판 **삼인**

**지은이** 이관희
**펴낸이** 신길순
**부사장** 홍승권
**편집** 김종진 김하얀
**미술제작** 강미혜
**마케팅** 한광영
**총무** 정상희

**등록** 1996.9.16 제10-1338호
**주소** 120-828 서울시 서대문구 연희동 220-55 북산빌딩 1층
          (서울시 서대문구 성산로 312)
**전화** (02) 322-1845
**팩스** (02) 322-1846
**전자우편** saminbooks@naver.com

**제판** 문형사
**인쇄** 영프린팅
**제책** 성문제책

ISBN 978-89-6436-063-7  03810


값 15,000원

# 착한
# 소가
# 웃는다

이광희
시집

삼인

시의 끝은 가난이다.

준엄한 정신이 요구하는 모든 형태의 진실한 모습은 가난하다.

– 이관희, 1980. 4. 19.

차례

## II 내 영혼의 묏등

Ⅲ

경
계
를

넘
어

## Ⅳ 젊은 느티나무

# VII

## 기도

I        산길에서

# 봄비 1

봄비는 사랑일까
어린 나뭇잎들에 내리는 비는 사랑일거야
아내와 전화로
아이들 우산 걱정하다 바라보는 빗줄기
곱게, 고운 비야 내리더라도
엄마의 손처럼
어린 이마, 연한 순이 맑아질 만큼만.
부드럽게 봄비야
사랑만큼만

2003. 5.

# 비 오는 날에

어둔 하늘 아래로
긴 장마 비

오늘도
사랑은
깊은데

생활은 매양
상처로 아파

비를 맞으며
빛나는 해바라기

쓸쓸하여도
젖은 꿈 지켜

등을 켜는구나
환한 그리움

2003. 7.

# 가을 햇살

가을 햇살
토요일 아침 책상 위에서
빛나다

저 빛처럼 잠시 머물다
가자
누추나 오탁에 개의치 않고
스스로 온전하네
금빛

어느 현자인가가
가리지 말라고 했다는
한 뼘인가의
햇볕

2003. 10.

# 가을 길

쫓기듯 가을 길을 찾아 나섰어
서울을 빨리 벗어나고 싶어 하는 마음조차도 바쁜 것이
도시 사는 사람의 강박감임을 실감하면서

다행히 길은 막히지 않아 마음 가벼워졌고

겸재의 진경산수 한강변의 풍광은
언제나 조용히 가슴을 흔들어

연초록의 봄
강가의 수채화를 보며
가슴 벅찼던 날이 어제였던 것 같은데

가을의 강가를 지나는 바람에
나무 잎새들이 눈부시게 반짝이고 있었어
역시 반짝이며 빛나는 강
떠있는 조그마한 섬들

56번 국도의 가을은
초췌한 모습이 쓸쓸했어
힘을 잃은 가을색

저녁 어스름이어서
사라져가는 빛들의 기억만이 선명하고

밤으로 가는 길의 끝없는 침중함
저 어둠의 너머에 빛나던 황홀의 존재
사랑하는 이들에게 보여주고 싶었던
평화 아름다움

비록 지금 어둡지만
있었고 있다고
내 마음의 풍경을 고집하면서
밤길을 갔지

돌아오는 길에
미천골 지나 구룡령 오르며
결국 확인한 것은
그때 그 주황과 진주홍의 붓칠한 가을산을
이미 지나쳐 버렸다는 것

언제였더라
그 가을의 절정을

어쩌면 다시 만날 수 없으리라는 슬픔

서울로 돌아오는 길에
머무른 양수리

양평부터 항상 길은 막히고
강의 한가운데에서 내려다보이는
저 넓은 연초록 바다의 고요

마주해야 할 도시의 황량함이나
바쁜 피로의 막막함의 어구에서

강은 멈춰 선 채로
길을 보여주고 있는 것을

담담하게
조용히
속 깊이
강은 흐르고

2003. 10.

시작 노트 : 늦은 10월 토요일 늦게 갔다 다음 날 돌아온 짧은 강원도 길에서 돌아와 현실에 피로하고 겁먹은 아내에게 사랑으로 드리는 글. 용기 잃지 말기. 소주병 넣은 손가방으로 힘 있게 후려치기.

# 아주 가까이서 빛나는 山

홍지문 터널 위로
山이 가을 저녁의 퇴근길을
붉게 물들이고 있었습니다

깊은 눈길 연한 웃음으로
山이
오래 친한 情
넉넉하게 남겨 놓았습니다

멀리 떠나 찾던 가을 길
타던 절정에의 그리움도
멈춰서 쓸쓸하던 강줄기도

하루의 고된 노동 끝에
고맙게 만나는 어스름 저녁 빛
숨은 山의 華奢에
무너져 흐릅니다

아이가 찾아달라던 단풍잎도
눈 떠
반짝입니다

가을
아주 가까이서
빛나는 山

2003. 10.

시작 노트 : 퇴근길에 홍지문 터널 위 북한산에 단풍이 곱게 들어 있는 것
을 보았다. 고마운 산. 맥주 한잔 마시는데 아이에게서 전화
가 왔다. 갈색, 노랑, 빨강색의 단풍잎이 숙제란다. 아파트 어
귀부터 어두운 배봉산 근린공원까지 단풍을 찾아 걸었다.

# 山 한 모금 드리며


항정살 부드러운
돼지고기 굽는 밤

늦은 퇴근으로 지친 아내가

한 해를 기다려온
가을 여행 접은 슬픔
노래합니다

감기 熱 어지러운
아지랑이 너머로

멀리 남도의 山寺
가을 숲이 선명하네요

색동 아가 단풍잎
수줍은 손으로 맞아주던

앞선 아이들의 웃음소리
물감처럼 번지던 백양사

홍시같이 익은 가슴일랑
살몃 여미고

산새 되어
고운 사랑
나직하게 노래하며

오래도록 산길을
오르고 싶었어요

너무 피곤한 오늘은
소주나 한 잔 주시렵니까

가을빛 한 모금
山에 담아

2003. 11.

시작 노트 : 가을 여행 못 가 서운한 아내는 소주 한 잔 달라더니 반 잔을
남겼다.

# 아파트 입구 국화밭

아파트 입구 그늘 밑
응달진 국화밭

늙으신 어머님이 모아주신
옷걸이 엮어
솜씨 좋은 경비 아저씨
촘촘히 세워주신 지주대 너머로

작은 국화 망울
무수히 눈떠
푸른 키만 애들 자라듯 하였답니다

오가며 기다리는
눈길에도 묵묵히
이른 滿開 나무라듯
여름 가을 다 보내고

볕 보지 못한 설움
조용히 웃으며
국화 꽃무더기 수수히 피던 날

넉넉했지만
어여쁘지도
놀랍지도 않더랍니다

야산 잡초 사이에서
아무도 몰래 살다가는
들꽃 같아서

바람처럼 머물다
꽃 지는 소리조차 흘리지 않아

모르는 이들은
늦은 밤 오래 기다려
환하게 맞아주던 이의

고맙고도 좋은 정을
잊었다지요

2003. 12.

## 송다, 그리움의 支流

태풍 송다!
베트남 말로 支流?

노동의 끝
꿈의 절벽
에 몰려
어제는 아내의 지친 몸이
왜 사는가
묻기에

빨리 씻고 자라고 했다
눈물 같은
두 아이 안고
복숭아 빛
사랑 꿈꾸리

먼 나라서
이어져 오던
온갖 그리움의
물줄기
오늘은

세찬 바람으로
퍼붓는 장대비로
창을 흔들고

굳어 딱딱해진
나무들 사이로
어라
또 한 장
어린 잎
움터 빛나네

2004. 9.

# 남이섬

바다가 아니라
강이란다
흐르다 멈춰 서
바라보는 남이섬

선착장서 기다리는데
문득 떠나고 싶어

먼 물길을 따라
여기 와 닿았어

나무 숲길 지나
박하 향 슬픈
강변 철길 지나

오늘은 옛
자전거포에 들르자

아내를 뒤에 태우긴 처음이야
이인용 자전거라
삶의 무게 나가는군

돌아보니 두 아이
햇살처럼 나부끼고

먼저 와 있었군
가을볕
잎새마다 등 켰네

청록 강심에
닻을 내리고
아이들아 과일을 먹자

보아라 맑은
평정의 밑으로
짙은 아픔의 세월
아득히 깊구나

그럼에도 불구하고
무엇으로 살아냈을까

일렁이고
흔들리며

부서지더라도 저 은빛
되살아나지

일어서자
갈대숲
고운 품이
아쉬워라

야무진 솔방울아
보랏빛 수줍은
들국화들아 고맙다

연탄불 양은 도시락
고추장 밥도 먹었으니

가난하다 결코
말할 수 없는 오늘

언제였더라
멀어지는 섬 뒤로
강이 흐르네                    2004. 10.

31

시작 노트 : 남이섬에 올 들어 첫 가을 여행을 다녀왔다. 아이들이 누런 양은 도시락에 담긴 고추장 비빔밥을 맛있게 먹었다. 솔방울로 공을 삼아 야구놀이도 했는데 스코어는 7:6, 형이 져준 거다.

# 눈 오는 날에

매일이 같은 듯해도
오늘은
눈이 오네요
그리운 노래
들릴 듯해요

눈이 오네요
모처럼 외로운 나무로 서니
떨어지는 눈송이
순한 누님 같고
고마워라 모든 기억들이
사랑이었음을

눈이 오네요
가장 어리석었던 날의
상처도 딛고
끝없이 새로
새로 살아나
먼 나라까지 아득히
눈이 오네요

저 눈처럼
온 세상
다 보듬고
언 땅에 따스하게
스며들래요

맑은 날 기다리며
정한 나무로
눈이 오는 날이면
하얀 등 켜고
환하게
넉넉하게
빛나고 싶어요

2005. 1.

# 섬진강변길
– 山寺의 情


밤길을 달려 지리산에 왔지만 아직 단풍이 들지 않았다
조금 아쉽고 추웠다
베란다에서 밤에도 붉게 빛나는 단풍나무 한 그루 발견하고 소리침
저기 봐
아침 섬진강의 옥빛 물길 따라 강변길의 들꽃들이 반갑다
벚꽃나무 잎새들의 붉은 꽃
강바람에 나부끼는 억새풀들의 은빛 광휘
섬진강 따라 가다 보면 강빛에 물든다
평사리에서 가을 들판 내려다본다
옛집의 사랑, 마루, 작은방
놓여 있는 서책과 책상, 작은 채소밭
낮은 돌담길 내려와 홍시를 먹는다
가을의 붉은 속살을 마시는 듯 황홀타
연곡사를 지나 피아골
잠시 산 아래 계곡 맑은 물에 머문다
몇 그루 곱게 물든 나무들
기윤이 바위와 바위 사이를 뛰어내리다 결국 미끄러져 심하게 다쳤다
아이가 많이 아파한다
내가 아프면 좋으련만

연곡사는 화려하지 않아서 소박해서 좋다
작고, 주장하는 것 없는 절
한적한 지리산 자락 아래 작은 길 접어들어 헤매다
우리 밀 전문점에서 녹차수제비, 손칼국수로 점심
아이들이 먹던 팥칼국수의 국물 한 수저 떠 먹고
그 구수한 맛에 반하여
우리 밀로 만든 팥칼국수를 한 그릇 더 먹었다
노고단 오르는 길을 도중에 파하고 돌아서 내려왔다
매번 들르는 화엄사
여름의 청록도 가을의 단풍색도 아닌 저무는 날빛처럼
흐린 갈색나무들의 각황전
실재 우리 삶의 모습이 그러할
규모의 짜임새와 품격 깊이가 가장 적절하게 어울려 존재하는 절
우리 삶이 언제 저렇게 빛났던가
다만 측은히 그윽한 정으로 끝없이 이어지는 날들
세월이 갈수록 푸르고 붉던 빛들이 바래가도
묵묵히 자리 잡고, 무게 더하여 묵어갈 뿐
통일신라 때의 석등의 부피감
겉이 꺼칠해져도, 온갖 삶의 풍상에도
저 등처럼 서서 불 밝혀야지
회갈색 가을                              2005. 10.

# 가을 산 출근길

길 위의 길에서
북한산을 맞으며 아침을 시작합니다
출근길에 산을 만날 수 있으니
축복입니다

숲들이 자색으로 깊어가는데
아침 산의 바람은
시리도록 푸르러
아플 지경입니다
부드러운 산 어깨 아래로
노랑 빨강의 단풍 옷 아래
산의 가슴이 봉긋하여
큰일입니다

가끔은 하얀 새들이
무리 지어 산을 날아
하도 어여쁜 세상
달아나고도 싶습니다

사람마저 곱게 익는다면
참 좋겠습니다                    2005. 11.

# 이른 봄날에

나뭇가지들 사이로
아이 손 한 장 만큼의
연한 물빛이 고와서
반가이
그를 맞이하는 것인데
눈시울 밑으로
분홍빛 슬픔도 고여요
무너져도 좋아라
무너져도 좋아라
되뇌이면
어김없이 추운 봄
비는 내리고
아버지 산소 맡에
담배 한 대 올리고
아이랑 나는
흠뻑 젖어버립니다
할아버지의 봄
나의 봄
아이의 봄
3월에도 눈이 내리더니
오늘은

뿌리째 뽑힌 쑥 내음
가는 비로 흐르고
아들아
저 백일홍 나무
무심히 서 있구나
이 비 그치면
꽃구경 가자

2006. 4.

# 서울숲에서 쑥을 캐다

치마폭 가득 봄빛
안기고 싶어
한 주일의 노역이 끝난 토요일 오후
고이 잠든 그를
오래 기다렸다 같이 걷는 길
그냥 버려졌던 야산을 다듬었나 봐
새로 심은 나무들의
여린 잎들 너머로
비어 있는 꽃들 너머로
강변도로엔 자동차들이 달리고
오후의 숲은 쓸쓸하지만
흙길이 좋아라
두 손 잡고 걷다
그는 어린 쑥을 캐고
가만 앉아보니 민들레들의 밭
노랑꽃들이 지천으로 피어 있구나
봄동무하자 민들레들아
아이들 쑥국 한 사발 먹이는
그의 봄꿈은 소박하고
나는야 기다리마
이름 모를 들꽃들도 많아

낮은 키로 앉아야 보인다더니
작은 눈 반짝이는 하얀 들꽃도 있어
강바람이 차갑지만
조용히 제자리 지키고 있는
들풀들의 따사로운 향기를 따라
부는 대로 흘러온 바람의 언덕
다리 밑 호숫가는 사슴들의 마을
청소년 숫사슴일거야
가슴까지 차는 물을 서슴없이 걸어 들어가더니
오리들의 밥 광주리에 얼굴을 묻고
오리들 조용히 맴만 돌더니
남은 밥 물에 말아 몇 모금 마시고
훌훌 날개 털고 돌아가는구나
그이는 두 냄비의 쑥 내음을 안고
저녁 봄빛 지는 대로
곱게 저물고

2006. 4.

# 산길에서

십 년은 살 수 있을까
물으며 아픈 몸으로 처음 오르던
겨울 산의 한기를 기억합니다
오늘은 안개비 내리고
청록 숲이 깊기도 하네요
사는 일은 가늠할 수 없어
밤늦도록 일하다
병을 얻고서야
매일 산길을 걷기 시작했습니다

다 거두어 가실 수 있다 생각하니
소중한 것들이 보이네요
사람이 견딜 수 있을 만큼의
슬픔을 주시고
숲속에 조용한 빈 터를 마련하여
기도하게 하시고

산비탈에선 작은 소나무도 만났답니다
어린 잎새들의 이마에 입을 맞추며
울었습니다
남청색 붓꽃이 흐드러지게 피었던 오후엔

가슴 뛰던 소녀였습니다
가물어 꽃 피우지 못한 범부채들의
여윈 어깨를 안아주는데
바람이 불어왔습니다
먼지 푸석이던 제 가슴에도
비는 내렸지요

새들은 비에 젖어도
맑은 목소리로
포르릉 날아오르네요
돌이켜보니 저는
노랑 매미꽃이었습니다
하늘 바라보던 보랏빛 매발톱이다가
숨어 있던 금낭화였습니다
오늘 저는 원추리꽃입니다
꽃대 곧게 세우고
꼭 하루만 살아도 좋을
들꽃입니다

2007. 7.

# 가을 산 억새밭

좋아라
붉은 빛도
푸르구나

딛는 걸음마다
가을로
가는 길

아픔은
걱정은
모두 잊어라

물처럼
흐르다
빛나리

흙과 돌로
남은 세월
가쁜 숨결이 곱다

오르다

오르다
안아버린 산허리

하얗게
바람마저
꽂인 바다에서

살다
간다고
무심히 웃는다

2007. 10.

# 가을 길 지나 산에 오르다

오대산 가는 아침
한강의
수묵
산수
정처 없다
강가의 물안개
끝없고
가다
56번 도로를 만난다
어느 가을이었던가
쓸쓸하더니
어느 해인가는 붉게 타올라
거친 붓질인 듯
뜨겁던
구룡령 가는 길
오늘은 가지 못하는
미천골의 황금빛이
멀기도 멀다
아내가 아팠고
몹시 아픈 날이 지나고
새살이 돋고

이제는 어머님의 병환

모시고 내년 봄 맞기를

기도하는데

가을이 깊다

매양 마을이 드물어

조용한 길

안개 걷히고

햇살 들어 따사로우니

슬픈 사람살이

아프고

소중하여라

가고 싶어도 갈 수 없는 길은

접는다

산 아래서 길은 막히고

산사로 가는 길을 오른다

물은 흐르고

물가엔 고운

단풍나무 서 있고

숲숲마다

색동 미소 가득한

산에 드니

힘나고 즐겁다
절집 지나
큰 키의 전나무들
푸른 기운 당차다
사람의 호연지기
저 나무 같아야 하리
산비탈의 수백 년
곤고함을 지켜
오늘은 장대하나니
그를 닮아
착실한 걸음으로
산을 오르다
땀 흘리며
묵묵히
첩첩 고개 올라서니
맑은 바람 기다려
더운 이마 씻어주네
힘들면 쉬었다
다시 걷는다
손에 잡힐 듯 멀던
고생길을 넘어

자줏빛 오르막 너머
비로봉
턱밑에서
은으로 빛나는 나무를 만난다
마른 몸으로
빛나는 나무야
오랜 길을 걸어
높은 곳에 서니
환하고
시원하구나
잠시 머물다
간다
저문 날을
내려가리라
고맙다
가을 산

2007. 10.

49

# 이른 봄날 아침

고궁 돌담
너머로

올해 태어난
잎들의
연한 화사

고와라
맑고
순한
기쁨 한 장

어제는 어둡고
무거웠지만

세상은
이른 봄의 숲이어라

꿈꾸다
눈물짓다가

한 장이라도
아주 잠시라도

마음 적실
고운 그림
주신
님에게

꾸벅
절해봅니다

2008. 3.

# 나무 되어 흙으로 지다

축령산 내려서면
잣나무 숲 넓다

밥상 바위에 앉아 먹는
밥의 향기

숲의 넉넉한 품에 안겨
때때로의 새소리를 안주 삼아

조금 찬 11월의 막걸리를
마셔 보았는지

마신 술이 붉게
차오를 때쯤이면

키 큰 잣나무들 사이로
키 작은 나뭇잎들의 연한 미소

색을 버리니
무욕의 바람 불어와

옛 집이던가
늦가을의 숲은

사람마저 나무로 서서
흙으로 지다

2008. 11.

# 겨울 길 가는 이들에게

겨울 산은 밤이 더
환하다
잎들을 버린 나무들은
곧은 줄기들로만
정갈하고
숲은 제 모습에 의연하여
넉넉하다
새들의 노랫소리도 잠들었으니
풀과 나무의 씨앗들은
언 땅의 어디쯤에서
비밀한 사랑을 나누고 있으리라
묵묵히 겨울 밤길을 걷는 사람들도
뿌리 깊숙이
봄을 심고 있나니
눈썹 밑까지 얼어도
매운 바람 혹독해도
검푸른 하늘
겨울 나무들의 가지 끝
초승달을 따라
새벽까지 걸어서
봄으로 간다                           2008. 12.

# 어린 짐승처럼 오던 눈

작은 창문으로 오는 새벽
눈이 내린다
밟으면 하얗게 소리 날 듯
쌓인 눈의 밭은 장갑 같아, 따스한
꺼지지 않은 등불 사이로
혼자 내리네
무수한 눈발들
시리던 너의 손처럼
퍼붓듯이 내리는구나
잊은 줄 알았는데
뜨거운 마음은
때도 없이 차오르는가
눈이 오면
왜 따뜻한 눈물이 흘러들어 오는지
어린 짐승처럼
아픈 아이처럼
나의 품으로 들어오던
세상 모든 애잔한 눈송이들아
된추위가 온다던 새벽에
나는 불을 켠다

2009. 1.

# 서리꽃

구름길을 걷다 보니
내가 따로 없구나
산은 같은 산이라도
매양 다른 여인일까
전날은 능선의 가르마를 사이에 두고
왼 비탈은 양지녘이어서
아지랑이 일 듯하였고
오른 비탈은 흰 눈밭으로
노루 한 마리 뛰어올 듯하더니
오늘은 양지녘 비탈의 나무들이
서리꽃 가득 이고 빛나네
어여쁜 꽃들아
하얀 기억이 첫사랑 닮은 꽃들아
가장 맑은 눈물 꽃들아
투명하던 파랑의 겨울 하늘도
오늘은 잊는다
하늘아 구름아 서리꽃들아
산에 드니
너와 내가 따로 없어
내가 벅찬 고갯길로 오르면
너는 맑은 옹달샘으로 맞는다

내가 겨울이 와야 푸르다는 소나무라면
너는 말없이 웃고 있는 바위구나
나는 잿빛 무지개를 꿈꾸었더니
너는 욕심 없는 무색 하늘로 남아
두터운 안개길을 묻는 내게
산이 나였는지
내가 본디 산이었는지
하나님만 아신다고 말한다
어쩌면 서리꽃이
내 첫사랑이 맞다
오랜 길을 돌아
기어이 만나
우리 서로 보고
조용히 울었으니

2009. 2.

# 봄 맞으러 간다

춘삼월이 멀어도
봄 맞으러 간다
실낱같이 그러나 이미
봄은 뿌리이거늘
봄은 거침없이 키 돋아라
맨발로도
언 땅에 서서
살포시 우리는 서로의 아픔을 품어
추운 밤을 새웠나니
봄은 놓을 수 없는 목숨이어서
꿈의 불을 지피며
희망의 노래로 살아라
사랑밖에 일이 없어
정직하고 진실한 사람들이
어리석은 한 걸음
봄을 묻는구나
수고로운 침묵의 밤
가난한 나무들의 겨울아
하도 그리워서
봄 소리 듣는다

2009. 2.

시작 노트 : 박재영 판사와 이동걸 금융연구원장 두 분의 어리석은 한걸음이 봄소식 같아서.

# 봄비 2

조용히
마른 세상에
다정한 눈물로
어제 핀 진달래 어린 입술부터
잿빛 도시의 깊은 상처까지
고운 입맞춤으로
그립던 날의 끝에
다시 만나는
여인

2009. 3.

# 봄꿈

단비 내리고 난
교정의 뒤꼍에서
병아리처럼
봄볕바라기

아침이면
새들은 향기로운 노래로
안녕하냐고
고운 옷의 박새야
아가 벌레는 숨어버렸네
맛있는 봄만 가득해
참새들은 신이 나서 노는데
산비둘기는 혼자 무슨 생각일까

나도야
봄볕에 취해
하얀 철쭉처럼 조용히
꿈꾸고 있어

슬픈 이들이
아픈 이들이

다들 봄의 새가 되어
다들 봄의 꽃이 되어
날아오르는
피어오르는
맛있는 봄
신나는 꿈

2009. 4.

# 숨은벽* 가는 길


봄비가 물이 되어 흐르는
개울을 건너
씻은 얼굴의 봄숲에 드니
바람은 푸른 소리 날 듯하였네

나무마다 어린잎들의
연둣빛 이마
안녕! 빛의 아이들아
반갑고도 고맙구나

산길은 철쭉길
연분홍 그리움이 끝없네
숲숲마다 꽃들의 정결한 숨결
고운 여인의 조용한 뒷모습

벼랑길을 돌아서니
진달래의 바다로세
그리움이 다하면
심홍으로 피나 봐

마당바위 올라서

꽃의 절벽을 보네
숨은벽의 뒤안에는
님이 계실지

2009. 4.

* 북한산 등산 코스. 밤골유원지에서 마당바위를 지나면 '숨은벽'에 이른다.

# 냉이꽃 사랑

한 뼘 채마밭조차에도
씨 뿌리지 않았지만
봄도 그윽한 사월이어서
청산 너른 뜰엔
꽃다지와 냉이꽃
하도 작은 꽃들이어서
무심하였더니
마음 고운 친구가
꽃 밟지 말라고
냉이를 먹는 나물로만 알고 지냈지
무명의 나무들에 맺히는
눈물의 분홍
지는 꽃잎 한 장에도
마음이 흔들리네
꽃다지와 냉이꽃의
눈빛이었어
아무도 몰래
피었다
지는 사랑

2009. 4.

# 물의 노래

산에서 내려오다
맑은 물의 개울 만납니다
미안한 민들레를 캐는 아내를 기다리며
물소리 듣습니다
물의 무늬 들여다보니
새들의 향기
아가 햇살들이 눈부셔
새벽에 읽은 홀쭉한 배낭을 엽니다
게바라가 녹색노트에 썼다는
네루다의 시
키스와 침대, 빵을
나도 사랑합니다
오늘도 압제는 현재형이고
사랑에 적극 가담하지 못하고
단순 동조합니다
서명합니다
희망을 약속합니다
다시 사랑하기 위해
사랑은 조금씩 오래 걷는 일
그냥 길인 줄 알고
물길을 봅니다

조용히 흐르는
물

2009. 6.

# 백일홍은 야무지다

백일홍은
땡볕의 꽃
물대포에도 움켜쥐고 놓지 않았던
단단한 망루의 꽃
불길 뜨거워 아파도
감을 수 없었던 눈에
선하게 피어나던 꽃
최루액에도 녹지 않고
단전의 어둠 너머
단수의 목마름의 끝에
피어나던 꽃
차마 떠날 수 없었던
사랑의 거처
우리의 가게
우리의 공장
새끼들이 기다리는 우리 집 문간에
변두리 우리 동네
어둔 세상 어느 구석인가에
묵묵히 서 있던 꽃
혹은 어머님의 시골집 돌담 옆길 따라
하양 노랑 주황 분홍 알콩달콩 어우러져

끝내 심홍으로 환히 웃던 꽃
흐린 날들의
아득한 절망의 하늘에서
무너져 내리던
쏟아져 내리던
궂은 빗물들의 꽃
억압과 모르쇠의 오랜 장마 후에
우뚝 피어나는 꽃
오늘은 구름 한 점 보이지 않는
시퍼런 하늘 아래서
야무진 색깔로 튼튼한 꽃
옹골찬 연대와
오방색 모듬의 꽃
힘찬 꽃
땡볕의 꽃
백일홍

2009. 8.

# 가을 선물
- 코스모스

올 가을 선물로는
곡성 섬진강변
코스모스 모듬이
좋겠다

겨울도록 파랑물
차오르던 하늘에
만 번을 헹궈도 지울 수 없던
숱한 눈물들의 연정이
만개의 꽃으로
피어났나니

가난해도 좋아라
슬퍼도 좋아라
시름과 인고의 너른 들판
오랜 언덕에
무수한 그리움들이
춤춘다

착한 나무들의
순한 어깨 너머로

보아라
연한 꽃잎들의 함성

슬픔을 뿌리로
눈물밭에서도
혼자 서서
함께하는
사랑은 힘차구나
바람도 향기롭다

가을 볕 저물고
푸른 별 떠도
나는야
꽃들도
지지 않겠다

2009. 9.

# 겨울 새벽

겨울 새벽은
몹시 추워서
맨 이마에 찬바람이
온전하다
자락 넓은 느티나무 아래도
무수한 어둠이 엄연하여
몹쓸 고생, 사람살이의
혹독한 정이
쌩 하니 얼음물보다 차다
까만 하늘에 동이 트리라
새벽별 보며 나는
시시하게 살다 가면
아픔만 남기겠다 싶어
새벽마다
단단해진다

2009. 11.

# 겨울 햇살

겨울 하루는
웃풍 심한
허망의 도시에
모진 바람으로 오셨다가
시린 마음들을 거두시어
작은 창가로 부르시네
한 뼘의 겨울 볕
햇살들의 함박꽃 눈부셔라
슬픔과 고통의 밥으로 먹이시고
덤으로
빛과 볕을 주시네

2009. 11.

# 겨울 산

겨울밤은 환하다
어둠이 깊어서
길이 잘 보인다
빈 나무들의
가난한 가지 위로
초승달과
별 하나 떠 있다
산 아래 세상의
글썽이는 눈물들과
내 옆 작은 나무가
슬퍼서 나는
겨울 산에 서면
사랑하지 않을 수 없다

2009. 11.

# 겨울나무 꽃 피다

물만 마시고 겨울 볕만으로
철쭉나무에 꽃 피었네

연한 잎새들 반짝일 때마다
고맙다 반갑다
작은 손
꼭 잡아주었더니

아빠가 나무들을 사랑해서
겨울에도 꽃 피나 봐
아이가 예쁘게 말하네

그랬나 보다
몹시 추운 날에도 나무들은
따뜻한 마음 주면
꽃 피나 보다

햇살 한 줌
눈물 한 모금만으로도
봄 소식
한 송이 오시네

첩첩 얼음 두터워도
깊은 데선
맑은 노래 물 흐르고

마른 가지들마다
아픈 꿈들이 곱게 익어
봄물 차오르는 소리
조용하다

2010. 2.

Ⅱ         내 영혼의 묏등

# 추운 날이면 얼음장 밑 물고기 되어 하늘을 본다

추운 날이면 신앙한다
오랜 세월을 우리는 얼음장 아래 퍼득이는 물고기처럼 살아왔다
우리 이마 위의 얼음
고개를 들면 곧 차갑게 정수리를 파고들던
날 선 얼음의 냉기
얼음 밑의 세상은 항시 겨울이었고
얼음으로 덮인 대기는 항시 어둠이었으며
얼음 얼은 무게는 항시 아득하도록 힘겨운 압제의 폭력이었다
돌이켜보자
우리는 몇 밤이나 뼛속까지 치밀어드는 한기에 몸을 떨었던가
봄은 오려나
새벽은 오려나
씨앗은 얼어붙어 버려진 채로도 밟히고 또 밟혀도 눈을 뜨려나
소금기 잃어 퇴색한 깊이에도 빛은 끊이지 않고 닿아오려나
이상은 신념을 버리고
냉소와 회의와 자조만이
을씨년스러운 허무의 텅 빈 심연에서
외롭게 외롭게 울어대지 않았던가
깨어지고 비틀리고 못 박힌 상처로
우리는 신음조차 터지도록 못 부르고
응어리져 맺힌 채로 흐르지 못하여

허덕이며 몸 뒤채며 숨 막히지 않았던가
떠다니는 불안과 헝클어진 혼돈과 흔들리는 허기로 연명하며
모진 놈의 목숨이 모진 놈의 생명을
모진 놈의 생활을 끌어안고 몸서리쳤다
곤욕과 수치를 비겁과 굴종을 타협과 안일을
한숨과 체념을 퇴폐와 나태를 좌절과 무기력을
무위와 절망을 온통 짊어지고
버둥대던 인고의 허리 허리
결코 부서지지 않는 슬픈 몸의 운명을 겪으면서
살이 가고 통뼈만이 불거져 섰다
무릎 꺾인 어깨만이 지탱해 섰다
곪아터진 두 눈엔 동자만이 섰다
침묵으로 굳게 닫힌 우리 어금니 사이
핏줄처럼 새로 서던 아픔의 뿌리 위
줄기 江이 고요히 물꼬 트지 않았다면
그날들을 우리가 어찌 어찌 살았을까
얼음장 밑동으로부터 배 뒤집은 고기의 허연 몸이 뜨던 날
모질게 아주 단단히 새겨 갈무리하였던 갈망이 잠 깨던 날
얼음 위 하늘에선 새소리 날갯짓하며 우리를 부르고
희망하여라 꿈꾸어라 춤추어라
부푼 숨결이 언 살을 녹이며 찾아들던 날

고단한 회한과 모멸의 쓰라림이 둑을 트던 날
눈물이 진한 손길로 가슴을 헐고
무지개 홀로 오롯이 청정하였다

얼음 바깥세상엔 풀빛 향기 가득하였다
풀린 물살을 거스르며 오르던 산언덕 어구에서
썩은 고기는 떠내려가고
산 고기만 용솟음쳐 찬란하였다
찬 넋이 뜨거운 의기로 한 소리 지르고
매운 의지, 질긴 투지로 새 길을 앞섰다
산 물고기 아이들아
얼음장 아래서 잉태된 아이들아
얼음 밑 세상에서 배냇짓하던 아이들아
우리는 얼음장 아래 퍼득이는 고기였다
얼음 밑의 세상은 항시 겨울이었고
얼음으로 덮인 대기는 아득하도록 힘겨운 압제의 폭력이었다
우리는 매일 공허했고 힘이 없었고 불안했었다
산 물고기 아이들아
얼음장 밑창까지 얼음이 잠겨 들어와
언 땅에 언 얼굴이 깨어지며 박히던 밤에도
우리는 그러나 좋은 세상을

사람답게 살 내일을 신앙했던 것을 기억하라
묶인 맨발로 뒤꿈치 들어
곤두선 얼음의 비수 위에 서서
우리의 기도소리는
씨앗 속의 움만큼이나
소금 속의 염기만큼이나
햇살 속의 온기만큼이나
자라왔던 것이 아니냐 빙하시대의 옛이야기처럼
남의 얘기, 내 일 아닌 낯선 일처럼
이제는 지난날을 잊자고들 한다
어제는 까맣게 잊었다고들 한다
같이 얼어 같이 죽어 같이 소생한 넋들이
제 살 갈라 흩어지며 할 만큼 했다고 말한다
혼자 살아도 이길 만큼 확실하다고 말한다
혹한을 무릅쓰며 얼음장 밑에서
퍼득이는 고기처럼 우리가 살았던
이유를 오늘 물으리라
잠 못 이루며 뜬 밤을 새우며 꾸던 꿈을
다시 물어야 한다 봄물로 그득한 들판의 자유
싱그러운 대기에 서로를 몸 섞으며
오색 빛깔 어깨춤으로 풋풋이 굽이쳐

한 판 멋들어지게 어우러져 살아보자던
大同 이룬 꿈자락 한바탕을 묻고 묻는다
서슬 선 칼날에 살을 베이며
비늘 뽑힌 헐벗음에 옥조인 채
뼈 다치며 얼음장 밑에서 숨죽여 흐르던
비밀을 묻는다
신비를 묻는다
영광을 묻는다
신앙하지 않았던가 오랜 세월을
봄은 오려나
새벽은 오려나
씨앗은 눈 뜨려나
두터운 얼음을 온몸으로 녹여갔던 말없음의 정기여
살얼음이 겹겹이도 에워오는 오늘을
새삼스레 기다리는
그리움으로 거듭 살아
추운 날이면 다시 우리는
퍼득이며 신앙한다
얼음장 밑 물고기 되어 하늘을 본다

1987. 12.

# 내 마음의 샘

나의 마음 깊이에는
푸른 샘 있어

오랜 비 내린 후에도
흐려지지 않아

종이배 한 잎
맑은 바람에 기대어

고운 꿈
붉게 싣고
흔들립니다

2003. 9.

# 안개비 내리는 새벽

찬 비 내리는
늦가을 새벽

작은 등 하나 둘
아침을 준비하는구나

어둠과 빛
갈피 사이로

떨어진 잎새들
가버린 날들의 바람

외투 깃 세워
찬 기운 보듬어 안고

아득한 하루
시린 사랑아

슬픈 노잣돈
남은 날들을 헤아리며

안개비 내리는
어둔 언덕에 불 밝혀

흩날리며
낡은 사내

젖은 걸음 딛고
길을 나서네

2003. 11.

# 첫눈

눈 오는 중에
첫눈같이 반가운 것도 없다
아픈 것도 없다

월요일 새벽 겨울 하늘은
검푸르기가 유리 같지 않은가

화석처럼 굳어가는 중년 사내의 얼굴에
차갑게 다가오는 입술

연한 잎처럼 내려와
촉촉하게 번지는 情火

스쳐 보낸 날들의 상처를 향해
하얗게 부서져
뜨겁게 스며드는 눈물

언제 한 번 치열하게
살아보기나 했었던가

도망치듯 떠나와 부대끼며

저 눈처럼 흩어져
스러져 살아왔느니

지하철 나와 보니 쌓인 눈의 길 위로
소담한 눈송이
조용히 내리고

무너졌던 무릎 세워
길을 재촉하는데

항시 용서해주셨던
누님 같은 눈의 벌판

해마다 오늘처럼
반가운 눈 오겠지요

그때마다 상처가 아프고
그때마다 용서하시고

2003. 12.

# 술 먹은 다음 날

점심 때 지나니 조금 낫다

시든 몸
누추한 정신
힘없는 생활

콩나물 국밥 먹고
기운을 차리기로 한다

푸른 피로 갈아야지
성성한 채소처럼 일어나야지

부끄러운 어제 일은
잊기로 한다

꺾인 허리 바로 펴고
눈에 힘주자

죽음보다 먼저
기다리는 내일

어린 생명들 쑥쑥
키 크는 소리 들리는구나

큰 숨 한 번 크게 쉬고
일하러 간다

2003. 12.

# 맑은 꿈

갠 하늘 우러러
맑은 꿈을 바라네

좋은 이 있어
오늘이 따뜻하구나

아픈 이야기
슬픈 노래

허전한 그 전말을
어찌 물을 수 있겠는가

찔레꽃 하얀 잎만
생각난다

마음 나누어
춘 겨울 허물고

나는 문득 무거워
두 손으로 드린다

꿈에도 드리고 싶어
권하였던 맑은 술

2003. 12.

# 그 사람의 봄

그 사람의
봄은
보일 듯 말 듯
말을 많이 아끼는 그 사람은
그래서 혼자 붉게 타오르다
스스로 선홍 꽃 한 점
으로 피었다가
지네

2004. 4.

시작 노트 : 나일 수도 있겠고, 다른 누구일 수도, 지금처럼 바쁘고 지친
그냥 모든 사람일 수도 있을 것이고, 요즘 사람들의 봄은 그
런 것이 아닐까? 혼자 피었다 진다. 그래도 봄날이 가고 있음
을 슬퍼하는 마음이, 그래서 속으로 타오르는 마음의 붉음이
봄꽃일 것이라고 우기는데 쓸쓸하기는 매양 같다.

# 작은 그릇의 하루

밥을 먹어보면 안다
술을 마셔보아도

포만과 만취의
왜소한 부피

무엇 하나 온전히 담아내지 못한
작은 그릇의
하루가 지나고

부질없이 배고파오는
어제의 술기운 꺼져가는
저녁에

또 한 끼의 밥
또 한 병의 술이 생각나는데

슬픔도 작으니
고마워하라

사발 밥의 힘

잔 술의 취기로도

오늘을 사랑하였다
너를 사랑하였다

2004. 6.

# 사랑 1

오늘의 시험
수학 음악 미술
밑에
사랑이라고 써봅니다

깨끗했지만
어리석었던
깊이 박혀오던
칼날의

이제는
쓸쓸한 날에만
술잔 위로
떠오르는

밥도 아닌 것이
무딘 생활의 나무
끝가지에 남은

종이 울리도록
실처럼

시험은 끝나지 않아

매양 나는
사랑을 묻습니다

2004. 7.

# 사랑 2

찬바람 불고
비 내리는
가을 아침에

떨어진 단풍잎들
아름다워라

사랑은 져도 좋아
시들지 않아

젖어도
밟혀도
흩날려도

잊혀진 대로
그리운 대로

흐린 날에도
빛나는 마음
가릴 수 없어라

2004. 11.

# 내 영혼의 묏등

어린 시절에
작은 불을 낸 적이 있다
개구리 굽다 바람이 불어
묏등에 불이 붙었는데
마른 풀 위로
나도 불도 달아나는 것이었다

가끔 작은 불을 내고
숨어 지낼 적 있다
순경이 잡으러 올 듯하여
밖에 나가지 못하고
한동안 숨어 지낸다

선생 노릇 하다가 불을 지르기도 했다
술 마시다 불내기도 했고

허망이 싫어
작은 불 지펴보는 것인데

묏등에는 때마다
문득 바람이 불고

불 긋는 일 멀어지고

아름답더니 그 불
먼 산 바라보듯 나는
마른 풀 무성한
내 영혼을 돌아보고

2004. 12.

# 꽃 진 것을 보고

사랑아
겨울은 길었으니
올 봄엔 기어이
새로 난 숲길을 걸어
가장 연한 잎들과
가장 진한 꽃들과
만나고 싶었다

너를 담아
눈시울 가득
고운 색깔의 아이들을 담아
봄아
내 둔한 영혼마저도
동백꽃처럼
봇물 터져 피 흐르고 싶었구나

내 사랑은 그러하였으나
나의 봄은
하루치의 노동으로도 무거워

모래 먼지 아득한 매일

눈멀어 나는
맑은 물과 나무와 바람과
먼저 핀 꽃들과 어린 잎들을 잊었으니
감히 사랑하지 못한
봄은 슬퍼라

다하지 못한 뜻과
끝나지 않은 사랑을 놓아버리지 못하고
저무는 사월의 저녁 아파트 사잇길 오르다
분분히 떨어진 꽃잎들 본다

사랑아
모든 화사한 것들의 슬픔이
봇물 터져와

동백꽃보다
붉은 울음
나는 울었구나

2005. 4.

# 낭만고양이 1
-오십 즈음에


서른 즈음에를 부르는
오십 즈음의 사내
아내는 나이에 맞는
노래 부르라고 했는데
취하면 저 사내
점점 더 멀어져가네
어제는 비가 내렸다고
회색빛 빌딩 사이로 보이는
답답한 도시에서 부르는
사내의 노래는
그 밥에 그 타령
사랑은 아직도 끝나지 않았네로 시작하여
사람을 사랑한다는 일의 쓸쓸함으로 끝나네
한 소절이라도
새들처럼
명증한 희망을
노래할 순 없을까
낭만고양이 저 사내
생선가게 나와
바다로 떠나네

2005. 7.

102

# 시월 그믐

시월 그믐께 가을 햇살이지만
온 세상 다 환하다

두 달 이틀을 지나면 오십인데
그제 술 마시다 그만 꼬박 밤을 새워
아이들과 집사람은 집을 나갔는데도
모르고 정오까지 잠을 자다 일어나
청소를 한다
지친 몸이라 더욱 힘을 내어
방바닥아 맑아져라
먼지며 곰팡이며 바닥의 얼룩을 닦으며
어제는 누추하였지만
오늘은 맑아라
세탁기의 빨래는 돌아가고
빈집의 가장은
아픈 허리 꾹 참고 새 집 짓는다

오후 세 시쯤 그 집의 식구들이 돌아왔는데
아침 안개 강길 가다가
끝내 순금 은행나무 만났더란다
그렇구나 금빛 고운 잠을 마저 자고 일어나

나도 아침 안개
강길 따라 떠나마
그 길 건너면
순금의 은행나무 기어이 만나리라

시월 그믐께 가을 햇살이지만
온 세상 다 환하다

2006. 10.

# 소년의 노래

오십 넘은 아저씨는
그냥 바위나 산인 줄 알았다
나이 들어도 사내는 소년임을
어느 봄날 출근길
새벽마다 마주치는 소녀를 보고 알았다
개나리 무더기로 피어 흐르던 담길이었다

아파트 승강기에서
귀엽고 당돌한 꼬마 여자애가
흰 수염 있으니 할아버지라고 우긴 다음부터
나는 매일 면도를 한다
내 마음의 소년은 눈이 맑다
고운 빛을 만나면 마음 설렌다

근 삼십 년 만에 만난 친구도
소년이었다
고생 많았던 어제를 환하게 웃는
그의 기타 연주 싱싱했다
그가 지었던 곡의 노랫말 복원해보니
풋사랑의 아픔이 서늘하였다

끝내 나는 소년이어라
나의 나무에선 매일
새 잎이 눈 뜨고
새들은 생명을 노래하리라
봄물이 차오면 어김없이
꽃도 피겠다

2008. 12.

# 고운 꽃들의 아픈 가시까지도

살다 문득
당신 생각에 고개 들면
허망을 쫓아 분주히도 떨구어버린
붉은 꽃잎들이며
소중한 진실들이 그리워요
지붕 위의 바이올린이라는 영화에 나오던
우유 배달부 아버지
젖은 눈이 생각납니다
당신 쪽 하늘을 올려다보며
하나님 이 슬픔을 왜 내게 묻다가도
그는 눈물 글썽이며
너그럽게 웃곤 했지요
당신의 뜻이라면
저는 하늘의 새와 들의 풀이랍니다
가난해도 병들어도 힘겨워도
주시는 고운 꽃들의 아픈 가시까지도
이슬 머금 듯 담아둘래요
땅을 갈아 땀을 흘려
가시밭에 살아라 하셨으니
새벽부터 노을까지 밭에 머물게요
때로 당신은 바람으로 오셔서

제 이마를 씻어주시고
내일의 걱정이며
오늘의 불안을 거두어 가십니다
머물러 있는 줄 알았으나
제가 흘러가데요
남은 날들이 선명할수록
주신 세상과 사람들이
아름답고 고맙네요
조금 더 기다리시더라도
못 다한 사랑만큼은
지켜주세요

2008. 12.

# 워낭소리 들리던 극장에서

워낭소리가 들립니다
노란 개나리와 붉은 진달래가 따스하게 피어 있는
야트막한 비탈밭에서
평생 지기였던 소와 할아버지가 밭을 갑니다
소도 늙었고 부부도 늙었지만
할아버지의 웃음만은 천진하고 장난스럽습니다
소와 평생 사랑싸움을 했던
할머니의 끝없는 질투와 원망의 푸념은
하나도 틀리지 않습니다만
할머니의 사랑은 승산이 없습니다
소와 땅과 일을 할아버지에게서 빼앗는 일은
생전에는 불가능할 것이기 때문입니다

할아버지의 한쪽 발은 뼈와 가죽만 있습니다
사십 년이나 같이 일하고
달구지에 할아버지를 태워 묵묵히 집에 돌아오는 소는
너무 늙어서 걷기도 힘들지만
끝날까지 할아버지와 나뭇짐을 실어 나릅니다
소가 모든 힘을 소진할 때까지 일하는 것처럼
할아버지도 죽을 때까지 일을 쉴 수 없을 것입니다
소와 할아버지의 남은 숨길이 턱밑까지 차오르네요

둘 다 너무 피곤하여 곧 잠들 듯한데
참 미련하게도 무릎 꿇지 않고
아파 신음하면서도 숨이 끊길 때까지는
살아갈 작정입니다

할머니 말대로 주인을 잘못 만나 고생만 하다 가지만
그들의 사랑은 진실합니다
할아버지는 몸이 아파도 꼴 베러 가는 일은 거르지 않았지요
사료 먹이는 편한 사랑 흔한 세상이어서
식은 사랑이 쓸쓸하여 외롭게 살거나
심하게는 헤어지기도 한다지만
정성으로 낫질하여 고구마까지 썰어 끓인 쇠죽으로
수십 년 들여 몸으로 같이한 사랑은 죽기까지 충직합니다
소의 산소에 흙과 막걸리를 부어드립니다
사랑아
삶아
이제는 다정한 죽음아

2009. 1.

# 醉生夢死*

조금 춥다
아직 이른 봄인가 보다
편의점 비치파라솔 밑에서 별미 맥반석 오징어를 안주로 맥주를
마신다
학교를 떠난 안 선생의 부재중 전화를 확인하고
밤 9시 20분에 아파트를 나섰다가 혼자 술 마신다
PSI*에 전면적으로 참여해야 할지 모르겠다
노 씨가 홈페이지에 사죄의 글을 쓴 날이다
나는 학부형인 윤 선생이 돌린 핫도그와 과일주스를 냉장고에
보관 후
둘째의 저녁식사 디저트로 선용했다
나는 스스로 학교 도서관에서 8시까지 있다 온 그의 볼에 뽀뽀
했다
두 병째의 맥주를 샀더니 편의점 아주머니는 젖었을 거라며
종이컵을 새로 챙겨줘서 감동시킨다
나는 불온한가?
어린 학생들이 늦은 밤에 학원인가에서 나오는 것이 싫은 것은
보수인가 진보인가
배울 능력이 없는 아이들을 재우지 않고
영어를 못 알아듣겠으면 우리말로 말하는 좋은 뜻이라도 들으라
면서 아이들을 깨우는데

솔직히 잘하는 짓인지 모르겠다

처음엔 뒷자리서 자던 J가 맨 앞자리로 나와 앉아

뭔 소린지도 모르면서 눈 부릅뜨고 칠판을 보는 것이

딱하고 미안타

중랑천변엔 무게를 감당하지 못할 만큼의 벚꽃들이 지천이다

헛되이 빛나기보다

분명한 고통이 희망일 것이다

칠흑같이 어둔 밤을 묵묵히 살다 보면

어김없이 먼동이 트고

새소리 영롱하겠지

문득 잠에서 깨어

사랑하는 사람의 여린 어깨를 깨닫는다

2009. 4.


* 취생몽사─술에 취하여 자는 동안에 꾸는 꿈속에 살고 죽는다는 뜻으로, 한평생을 아무 하는 일 없이 흐리멍덩하게 살아감을 비유적으로 하는 말.

* PSI─대량살상무기 확산방지구상(Proliferation security initiative)

## 남루와 누추의 시

살다 보니 외로워집니다
혼자 있는 일이
쓸쓸함이 낯설지 않습니다
사람들이 모래 같지요
힘겨워서
다들 가시들을 품고 삽니다
아픔만큼 순해져서
온전히 혼자 남아
산과 나무와 꽃들을 배웁니다
말없이 그이들이 피고 져서
정이 가네요
물 흐르는 소리 들리는 밤에
문득 나는 본디 시인이어서
고운 노래를 부릅니다
하얀 종이처럼 나는 없습니다
아이들과 별들이 반짝이는 집
몸과 마음을 다하여
연민과 슬픔으로 지켜왔던 길
날선 자본의 지경을 곤하도록 걸어왔으므로
티끌같이 작은 이들의 잠언을 기억합니다
누추와 남루의 영혼들이 귀합니다

오늘은 항시 숱한 상처로 빛나고
세상과 사람들의 너머
소금산으로 향하는
썩지 않는 정신의 힘으로
내일까지 삽니다

2009. 4.

## 오월의 노래

오월은 빛으로 오라
햇살 쨍한 들판으로 나오거나
바람 시원한 산마루에 서라
오월이 오면 꽃 피던 희망이며
꽃 지던 슬픔도 잊나니
오월엔 속없는 미인과 헤어져
일하러 간다
사람들의 맑은 땀을 먹고 자라는 오월은
들의 봄물이어서
목마르지 않다
묵묵히 푸른빛의 농사에 열심인 사람들을 보아라
오월은 빛고을의 아픈 자식이어서
헛된 힘을 웃을 줄 안다
등 따신 호사를 탐하지 않는다
사랑과 노동의 수고를 믿는다
오월의 죽음들을 넘어
그날의 씨앗들이
민들레로 핀다
거짓 녹색의 콘크리트며
온갖 어둠의 절벽 끝까지
모질게 살아나는 들풀들의 불길을 보아라

그리하여 오월은
바람 시원한 산마루에서
홀로 빛나는 등푸른 나무

2009. 5.

# 깨진 뼈의 노래

손가락에도 뼈가 있더군요
떨어진 돌 하나의 아픔이 오래 갔습니다
엑스레이를 찍었더니
뼈가 어여쁘데요
길게 여윈 타원의 끝마디에
깨진 뼈의 사선이 분명합니다
한 달여의 불편을 견디다
다시 보니 그대로여서
돌아버리겠군요 내가 말했더니
선생님께선 나 보고 성질 급한 분이라고

제 영혼에도 뼈가 있겠다 싶었습니다
돌 한 개에도 깨질 수 있는
오래 기다려도 아물지 않는
오른손이 아니어서 다행입니다만
맞들지 못하면 하지 못하는 많은 일이 있음을 깨닫고서
앞으로는 손가락 하나에도
마음을 기울이기로 했습니다
사진 찍어보면 미세하게 깨져 있을
타박상이거니 놓아두면 때로 아프고
결국은 비틀어져 흉한 모습으로 굳어지는

몸과 마음의 뼈

나는 언제 돋아날지 모르는

맑은 뼈의 새순을 기다립니다

2009. 5.

# 눈물처럼 중년은
- 영화 〈파주〉를 보고 어린이대공원에서


쓸쓸한 영화를 보고 나서
바람 부는 저녁을 걸어
우리는 공원에 왔네
이제는 키 커버린 아이들과 함께했던
세월이 저물어
오늘은 검붉은 황혼
늙은 플라타너스의 마른 잎 뒹구네
저 길로 둘째가 뛰어갔었어
혼자임을 깨닫고 아이는 겁이 났었지
우리가 혼자일지 몰라 내일은
빛을 잃고 불 켜진 나무들 사이로
11월의 조용한 슬픔이 불어오고


굴삭기로 찍어대던 집
무너져 내릴 운명이며
철거 예정에 저항하던 이들에게
쏟아져 내리던 물대포의
모퉁이 벽에서 여자가 물었던
이런 일 왜 하세요
처음에는 내가 갚아야 할 게 많은 사람이라서
지금은 잘 모르겠어

그냥 할 일이 너무 많네
끝이 안 나
자신 없이 사내가 대담했고
끝내 사랑은 감옥이었네

가엾어라
아내는 따뜻한 커피를 권하고
나는 찬 맥주를 마시네
억새풀의 숲을 돌아
수초들의 뿌리를 보네
한순간도 사랑하지 않은 적이 없어서
도망치거나 헤어지거나
주저앉아 타협하여 살아남았어
무거웠지만
욕할 수 없는 영화였다고
아내는 나를 위로하고

그날 까만 하늘, 하얀 나무의 끝에
별이 있었네
나는 두 개의 별을 더 찾아내고
아내와 함께 물새들의 집에 들렀다가

원앙을 보았네
혼자서도 고운 날개 접고
동그랗게 흐르더니
가을 밤 어둔 물에 깃들어
그의 중심은 평온했었네
아내도 그의 *浮遊*를 긍정했었지
저렇듯 그리워도
아무도 없는 데서
갈 수 없어도 자유하나 봐

쓸쓸한 영화를 보고 나서
바람 불던 밤
우리의 휴일은
오랜 절망의 끝은
사랑이었네
차마 아파서 진정이었던
아이들을 돌보고 세상을 근심하고
죽음을 보았거나 물러섰거나
차선이라도 지켜내고 싶었던 날들

또 하루를 살았나 보다

집으로 돌아가는 길에
눈물처럼
빛나는 중년

2009. 11.

# 낭만고양이 2

사는 일이 큰 재미는 없다
연말엔 송년모임들도 많다는데
퇴근하여 나는 빈집에 모인다
아침에 남긴 수건들이며
쌓아두었던 그릇들과 만난다
보일러를 틀자
꽁꽁 얼었던 아이들이 따스하게 안겨오겠지
집처럼
내 영혼도 깨끗해지면 좋으련만
빛 없는 열심으로도
힘낼 수 있어
서릿바람 무릅쓰고
언 땅에 섰는데
겨울밤은 맑고 차구나
별처럼 그리움이 뜨네
사랑하지 못하고 저무는 날이
또 한 잎 지네
노래는 언제 불렀던가
아득타 詩는 멀고
김치찌개와 막걸리 두 사발에
훈훈해질 만큼 늙어버린

無明의 세월도 용서하고
이 학년 십삼 반 급훈은 즐거운 인생이더라
오 학년 이 반은 낭만고양이라고 쓰자
두 번 다시 생선가겐 털지 않아
다짐하면서
밥 익는 집으로 들어서는데

새봄에 만날
나무들이 그득하다

2009. 12.

# 희망

그러나 희망은
어렵지만
평화의 땅에서만
피어나는
꽃인 것을

선한 뜻이
전쟁의 광기를
끝내
이깁니다

아무리 퍼주어도
따르지 않는
샘이라지요
사랑은
만족은

어둔 밤에 쌀짐 지고 만나던
형제들의 옛이야기
내일은 듣겠습니다

2010. 12.

# 아주 잊혀진 것은 아니나

아주 잊혀진 것은 아니나
석양 한 자락에도
기차여행 창밖에도
눈 밟히는 겨울 길가에도

문득
문득
안녕하기를
곱곱 씹히는 삶의 짠맛처럼 생각나기를

적당한 풍경에 구도를 잡으며
생각으로만 그림을 그리게 되는 그대

자기 앞의 삶을
하루
하루
감당하며, 감사하며
살아내고 있으리라

2012. 3.

+ 컴퓨터에 저장된 것으로 제목은 편집한 이가 붙임

# 어느 봄날

봄비 그치고 꽃 진 자리에
분분히 떨어진 꽃잎들이 무수합니다
큰놈이 아버님 돌아가신 친구의 상가에 다녀와 슬펐다고 말합니다
아들에겐 심상한 자리였나 봅니다
꽃이 지듯 인생도 질 것입니다

무상함을 곱씹다
새로 난 잎새들을 봅니다
허물어질 듯하다 나는
연한 잎, 어린 잎새들에 힘입어
일상으로 돌아옵니다
새벽에 들려오던 축복 같던
새소리를 기억해냅니다

거듭 꽃들은 피어나실 것입니다
아침꽃을 저녁에 줍겠지요
열매처럼 바른 뜻과 선한 섭리만은
더욱 단단해져
온갖 간난에도 불구하고
선한 세상 오실 꿈만은 거듭

마음밭에 피어나시겠습니다

봄날의 기억이 그래서 더 귀하고 소중합니다
하루를 살아도
곱고 순하게 바른 뜻 지켜나가시라는
넉넉한 위로의 말씀을
어느 봄날에 듣습니다

2012. 4. 21.

+ 생전에 쓴 마지막 시

Ⅲ        경계를 넘어

# 경계를 넘어*
-송두율 선생을 생각하며


금 그어진 경계에서
한쪽 다리로만
어느 쪽으로도 넘어지지 않고
서 있어 보아라

하루도 아니고 수십 년을
잃어버린 한 발을 그리워하며
잃어버린 균형을 그리워하며

넘어졌다 일어서서
경계에 서기

한 다리를 잘라내고 경계에 몰아
똑바로 자리 지켜 곧추서 있기로
넘어지면 끝장인 금을 누가 그었던가

넘어질 때 다친 흉터 숨기지 않고
이제는 홀로 서지 않고
다함께 가기

경계를 넘어

금을 넘어
몹쓸 세월을 넘어

빛나는 균형
따사로운 화해의 큰 세상 향해

잃어버린 빈 다리로
끝없이 가자

2003. 10.

* 2003년 10월 한겨레 신문 시단에 게재

# 착한 일 한 아침

오늘 착한 일을 해서 좋았습니다
오늘 아침 지하철 1호선에서 3호선
할머니 한 분이 무거운 짐 두 짐 들고 따라오십니다

가장 큰 크기의 파란 비닐봉지 안엔
채소들이 가득 담겨 있었습니다

이건 무거울 텐데
돌아서 마저 한 짐 드는 나를 걱정하시고
에스컬레이터에선
힘든데 짐 아래 내려놓으시라 미안해하십니다

3호선 승강구까지 길지 않은 길
혼자 들고 가시기엔 무거웠을 무게

짐 놓고 자리 잡아 드리고
서 있는 사람들 틈새 비집고 끝 칸을 향해 가는데

어둠 걷히지 않은 새벽길에
버린 종이 가득 싣고
힘주어 리어카 끌고 가던

또 한 분 할머니의 굽은 등이 앞을 막습니다
크레인에 올라갔다가 돌아오시지 않는
노동자 아빠에게 보내는 세 아이들의 편지를 매달고
하늘 높이 올라가는 밧줄도 보입니다

아빠 돌아가시고 당뇨 앓다 끝내 숨진
어머니와 오래오래 같이 지냈다는
아이의 빈 어깨가 흐릿합니다

덜어드릴 짐이 있다면 들어드리지요
작은 수고 잠시 하고 가볍게 돌아설 수 있는
운 좋은 아침이 매일이라면
사람들은 착하고 세상은 행복할 것입니다

오늘은 착한 일을 하여 놓고도
미안하고
슬펐습니다

2003. 12.

## 그리운 당신
- 맹 선생님을 추도하며

당신과 헤어져 집에 돌아와 보니
불은 꺼져 있고
달빛만 안 자고 기다리더군요
달빛 너머 창턱엔 작은 화분들이 줄 지어 있고요
까만 종이 한 장 떨어지데요
외롭게 잠든 나무들을 위해
물을 담아 한 컵씩 드렸지요
다가가지 않은 죄
홀로 둔 죄
결국
사랑하지 않은 죄
미안하고 슬픈 후회를
컵에 담아 드렸지요
시험 볼 아이들 주려고 샀다던
떡 봉지 들고 착하게 웃던 당신
헤어져서야 만나네요
떠나보내고서야 같이 있네요
그리운 당신

2004. 5.

시작 노트 : 결혼도 않고 치와와 한 마리 키우며 살던 맹 선생. 외로움을 술로 달래다 결국 학교를 휴직해야만 했다. 그리고 한강에서 투신을 하셨다. 미안했다. 그리고 슬펐다. 할 수 있다면 시 한 편이라도 드리고 싶었다. 마지막으로 영정의 맑은 얼굴을 뵙고 돌아오니 새벽 3시였다. 화분에 물을 줬다. 산적 같은 몸과 아이 같은 착한 마음의 선생님이셨는데 거듭 죄송하다. 영혼만은 편안하시길.

# 러닝머신 위의 흑백사진

러닝머신 위의 채널을 바꾼다
소리는 못 들어도 볼 수는 있어
신성중학교 동창 사진첩
장준하 선생님 계훈제 선생님
마르고 해맑은 얼굴의 소년들
흑백화면이 1970년대에 머문다
386의원들이 데모나 하던 시절보다 이를까
삼선개헌 반대의 자필서명과 도장들
김수환 추기경의 동참이 힘을 주었다는 자막
만담가 김동길 씨의 얼굴은 근엄하다
소리를 키웠는데도
쿵쿵거리는 음악에 묻혀
들리지 않는다
쉽게 잊고 사는 역사
두 분은 항상 함께 계셨어요
어렵게 들은 한마디
장 선생님의 사모님은 참 곱게 늙으셨구나
못난 조상이 될 수 없다
되뇌던 수수밭
씨알의 소리를 읽던, 나의 고교 시절
왜 한 권도 남아 있지 않을까

기계는 저절로 시속 8킬로미터로 돌아가고
따라 뛰었더니 어깨가 결린다
다시 걷자
약사봉
어느 고등공민학교 졸업식
계 선생님이 단발머리 소녀 둘에게 상을 주고 있다
옆자리 아주머니의 옛 모습일지도 몰라
밤 11시 10분 전 헬스장 아저씨가 청소를 시작하려다
끄지 않은 현대사*를 물끄러미 보고 있다
샤워하고 나면 온몸이 개운해
아무리 피곤해도 운동을 해야 해
다짐하는데
장 선생님, 계 선생님의
야윈 뒷모습

2004. 10.


* 끄지 않은 현대사-KBS1 TV에서 방영된 역사 다큐멘터리 〈한국현대사〉

# 착한 소가 웃는다

내가 잘 쓰는 말이
착하다는 말이란다
군대 제대할 때 써주는 추억록에
분대장님 사회 나가선 그렇게 살면 안 돼요
말한 이는 착한 눈을 가진 소 같은 일꾼이었다

착한 사람이 더 많다
우직하게 일만 하면서
그다지 빛나지 않는 곳에서들 사는데
그런 이들의 눈빛이 있어
세상이 환하다

잘나고 똑똑한 이들과 달리
평생 고생하면서
받을 대접 제대로 못 받으면서도
꿋꿋이 견디고 있는 힘이
무엇인가 묻는 것은 부질없다

왜 소라고 슬프지 않겠는가
오랜 슬픔을 되새김질 하다 보니
억센 땅을 뒤집어엎어

부드러운 흙으로 살려내는 기쁨을 안 것이리라

요즘엔 기계가 소의 일을 대신하여
소들이 더 착해졌다
살과 뼈로 드리는 일밖에 없어
착한 소가 먼저 죽는다

오늘도 착한 소들이
열심히 먼저 죽어
점점 더 세상이 환해지고 있다

생명을 드려
가장 우직하게 일하는 소들
세상의 착한 소들이 웃는다
참 이상한 일이다

2005. 6.

# 독립영화처럼

누추한 휴게실에서
독립영화들의 기사를 보는 동안은 향기롭습니다
좋은 멜로?
기상천외한 SF
퀴어-동백꽃
우리가 모르는 북한의 일상
맹목, 애국적인 미국인이 이라크인의 시신을 옮겨갑니다
나의 상상력은 아주 잠깐 사랑을 합니다
세계와 인간의 궁경마저도
창 너머의 일상일 땐 지루하지 않습니다
길쭉한 박스 기사 하나 읽고 나서
동시상영관서 빠져나오던 젊은 시절의 얼굴을 하고
푸르르 날개를 털고 혹은 진저리를 치고
책상에 돌아와 앉습니다
깊이 패인 발걸음으로
술 취하지 않은 밤을 오래 걷던 길 사이로
올리브나무 숲 사이로
어여쁘지만 말이 없던 여인도 보일 듯합니다
감기 기운일 것입니다
아이들 시럽을 세 숟가락 떠먹고,
진광탕 가스렌지에 30초 돌려 뜨겁게 마시고

남은 국에 밥 말아 먹고 남은 소주병의 소주를 털어 넣고 나는
잤던 것입니다
　태풍과 폭우 후의 가을 기운이 혹독합니다
　그리 쎄던 안 선생이 결근을 다하고
　사립학교법 농성했던 이 선생도 춥더랍니다
　집에서 청소했던 나는 여러 가지로 미안합니다


　독립영화처럼
　강인한 가을 하늘

2005. 9.

## 목사님의 튤립

교회 사택 처마 밑에 튤립 세 송이
부푼 봉오리 막 열릴 듯하였습니다
병원서도 손 놓은 높은 혈압의 목사님
말에 힘이 담기지 않아요
언제 갈지 모르니 준비하세요
사람이 가증스러워요
언제든 데려가시라고 살아왔는데
아침에 일어나 창밖을 내다보니
튤립이 예쁘게 피어 있어서
더 살고 싶어지더라
는 봄날 아침이었습니다
나도 차를 몰고 청산교회까지 오는데
길가 숲들의 봄빛이 하도 고와서
주일인데도 출근한 아내에게 전화 걸고 싶었습니다
사람도 나무들처럼 새로 나게 하소서
기도를 마치고
강단에서 내려오신 목사님의 한쪽 발에서
신발 바로 신지 못하시는지
바닥에 질질 끌리는 소리 납니다
농가 창고를 그대로 쓰는 교회의
역시 낡아 소리 나는 나무문을 여니

갑작스러운 봄 소나기 퍼붓습니다

도망치듯 사택 처마에 섰더니

거세게 치는 봄비에 몸서리치듯

목련 꽃잎들이 쏟아져 내렸습니다

누님은 점차 눈이 보이지 않았답니다

온몸에 마비가 와 발가락도 움직이지 못하였지요

태평양을 헤엄쳐 넘는 꿈을 꾸었던 씩씩했던 누님이

새벽 3시에 미국서 누님이 우시더라구요

살다 보니 살아지고 담담해지데요

처마 밑 작은 창문을 사이에 두고

남편 때문에 평생 고단하였던 사모님의 얼굴

짙은 그늘 너머로 노란 원피스를 떠올리며

떨어지는 목련 꽃비를

잠시 바라보다

막 끓여낸 김치찌개에

밥 한 사발 먹었습니다

2006. 4.

# 교무실 창가의 순자 씨

교무실 창 쪽 자리에
조용히 앉아 있는 순자 씨

햇볕 잘 들지 않아
창백해진 나무가 있으면
찾아갑니다

가끔 낙서를 하고 있다가도
아이 같은 중년의
이야기를 들으며
환하게 웃어줍니다

순자 씨는
더러워진 그릇들을
마음들을
맑게 닦아
돌려줍니다

가끔은 나의 책상도
빛내줍니다

배고팠던 오후에
미숫가루를 타준 적도 있고
챙겨두었던 떡을 데워
살짝 건네기도 합니다

어느 날엔가 순자 씨의
노래를 들었는데
노래를 아는구나 싶었습니다

나의 벗인 순자 씨
쓸쓸할 때면
창가에 갑니다

2007. 6.

# 뒷모습
– 안 선생을 보내며

앞서 산을 오르던 사람
말없이 혼자
바위와 바람과 친구하더니

아이들을 바라보던
그의 맑은 눈동자
그의 순한 영혼
그의 넉넉한 웃음
그리워라

다정하였으나
외롭던 사내

먼저 산을 내려와
성큼 앞서 가는
그의 뒷모습이 외롭지 않다

2008. 9.

시작 노트 : 학교에서 가장 믿고 의지했던 안 선생이 기어이 학교를 떠났
다.

# 내 오랜 친구 이정돈

그는 나의 오랜 친구다
그가 배제고 다닐 때 망우리 교회에서 만나
이제 쉰둘의 나이 신북면의 청산 시골 교회까지
서른 해를 훌쩍 넘기도록 이놈 저놈 하며 산다
아직도 말을 더듬을 때 있지만
평생 나는 그의 개똥철학을 귀담아들으며 살았다
힘들게 시험 치르고 그가 기능직 공무원 시험에 합격했을 때
나는 속으로 만세를 여러 번 불렀었다
뻔한 정답 요구하는 시험 빼고 못할 일 없는
그는 진짜 열심인 일꾼이었으므로 나랏일 믿고 맡길 만했다
비록 그가 감독하던 공구의 하청회사 담당이
칼을 품고 집에 쳐들어오는 경우도 있었다지만
그것은 그가 어쩌다가 일요일에도 출근하지 않은 날
겨울 되면 동파할 기준 미달의 배관을 서둘러 묻은 때문이었다
모난 돌이 정 맞는다고 그의 길은 험로첩첩했고
오히려 온갖 투서에 내몰리다 보니 한직을 전전해야 했지만
그의 무궁무진한 아이디어가 속속 채택되고
그가 청백리상을 받은 것은 당연한 일이었다

그가 한밤중에 문자를 보내오기 시작한 것은 작년부터다
관희야 눈이 안 보이기 시작해

망막의 실핏줄을 인두로 지져 땜질을 하면서
요즘은 적당히 산다고 그는 웃는다
억새풀 바람에 눈부시게 흩날리던 주일날
청산교회 산목련나무도 단풍이 들던 오후에
예배 마치고 서둘러 서울로 돌아가려는데
예배당으로 쓰는 창고 옆 배추밭에서
그가 호미를 든 채 관희야 부른다
큰 놈으로 두 통 작은 놈으로 두 뿌리 안기며
농약 안 치고 거름만 준 놈이라 니 마누라 갖다 주라기에
농사도 안 지은 놈이라 안 받겠다고 했더니
너는 그렇게 빡빡하게 사냐
정을 주겠다는데 못 주게 하는 법이 아니다
어찌나 배춧잎이 향기로운지
먹다 보면 내가 배추벌레 같아져
나는 그의 정과 말이 달고 풋풋하여
시 한 편 꼭 쓰겠다고 다짐했었다

2008. 11.

148

# 謹弔 노무현

산에 가는데
늦잠 자고 일어난 아이들의 전화
아내는 말없이 듣고 나서
자살한 것 같다고
아이들이 슬퍼한다고
산 어구의 노점에서 라디오 소리
바람소리
산에서 몸을 던졌다고
벼랑에 서 있던 사내
바보 노무현
먹먹한 슬픔
맑은 물로 씻어보네
꽃 지고
비 그친 숲
산새들의 영롱한 울음

뜻과 마음이 진솔했던 사내
많은 사람들의 꿈이었던 사내
질 것이 뻔한 싸움에 세 번이나 나섰던 사내
언론과 검찰과 정보기관을 활용하지 않고
계급장 떼고 맨몸으로 막가던 사내

못 해먹겠다고 속내를 숨기지 않았던 사내
통일의 대로로 당당하게 가던 사내 그러나
파병과 FTA, 노동의 유연성
어처구니없는 대연정까지
영호남을 넘어 진보와 보수를 넘어
정치인의 술수와 대통령의 권위와 동지들의 지지
없이도 시대를 앞서갈 수 있다고 믿었던
치열했지만
순진했던 사내

빚이며 안사람의 속주머니 자식들의 집까지
내 누추와 닮아 측은하더니
하이에나의 세상에 살아남기엔
순결한 약속이 아파라
뻔뻔한 사람들 모질게들 산다지만
여린 목숨은 죽어서 말하네
순정의 기억
아주 작은 비석 하나로
빛나던 꿈은 남을 것이므로
운명이다
원망하지 않는다

사랑했던 사람을 떠나보내고
산을 내려오는 오후
다시 사랑의 시작이다 다짐하는데
담배 있냐고
그가 묻는다

2009. 5.

# 오래된 생각

맑은 영혼들은 우는구나
목소리가 이상해
아니오, 그냥 화장로로 들어가는데 눈물이 나네요
착한 이 선생 우니까
나도 눈물이 나네
눈물 훔치던 아내를 홀로 산에 보내고
광장으로 나가네
같이 우는 사람들이 있어
눈물 나는 세상 살맛이 나네
울면서 악착같이 살아야겠네
토요일부터 금요일까지 내내
세상은 눈물 머금어
눈물로 씻겨 아름다웠네
모진 세상 모진 놈들에게 억눌려 참았던 눈물들이
왈칵 꽃으로 피던 며칠
책을 읽을 수도 글을 쓸 수도 없었다지만
슬픔을 씨앗으로 눈물을 삼켜
사람마다 희망의 나무 한 그루 심은 것을 아네
살아남은 사람들은 눈물을 거두네
치열한 생활은 용서가 없으니
죽음까지 한갓 자연일 수 있도록

저마다의 일터에서 몸을 던져야 하리

슬픔과 눈물의 세상

끝이 있을까

내일도

나는 슬피 울겠네

눈물 한 방울로 피어나겠네

아주 작은 비석 하나

깊이 심겠네

2009. 5.

+ 고 노무현 대통령 영결식 다음 날 쓴 시

# 색동 양말
- 아름다운 내기


어머님 구순 앞두고서야 모시게 되었네요
오시던 날 집에 돌아가시겠다며 현관문에 매달려
낯설기만 한 제 손을 물고 때리셨지요
날마다 작은 소동 부리시던 악동 할머니
베란다에서 경비 아저씨만 보이면 손수건을 흔드시며
경찰 나리, 나 좀 구해줘요 소리치시더니


제 팔과 손등엔 푸른 멍이 가실 날 없었고
계절이 바뀌어도 나아질 기미 없어
궁리 끝에 소일거리 드리자는 꾀를 냈던 것이지요
작은 가방에 동전들을 가득 담아서 얼마일까~요? 물었지요
검은 콩과 노란 메주콩 가려내기 시합의
승자는 매양 어머님이셨어요
아이처럼 상장 달라고 조르던 어머님께
상품은 초코파이와 찹쌀떡이었지요
상장엔 조순덕 씨는 콩 가리기 대회에서 일등을 하여
그 공을 높이 인정하여 상장을 줍니다
박수까지 짝짝짝 건네드리면 한나절은 좋아라 웃으셨지요


오후엔 운동회가 열리곤 했는데
산책로 목련나무에 매달린 색동 양말은 먼저 도착한 사람의 몫

이었지요

　어머님은 반드시 아파트 한 바퀴를 빙 돌아오기로 굳게 약속을
하시지만
　놀이터로 질러가 냉큼 양말을 벗고
　상표도 안 뗀 색동 양말 신고 참 좋아하셨어요


　처음 어머님 모셔왔을 때는 마음대로 외출도 못하는
　제 신세가 처량하기만 했었어요
　지금은 어머님과 함께하는 삶이 감사하답니다
　콩 가리기 내기에 싫증나신 어머님이
　성님, 우리 밭 메러 가요
　호미 찾아 베란다로 나가시네요


　비 오는 날이면 유난히 떼를 쓰시는 어머님
　꾀돌이 며느리는 장롱 안 옷들을 모조리 꺼내 흩뜨려 놓지요
　어머님, 이거 잘 개어 놓으세요
　상으로 애호박 부침개 해드릴게요
　호박을 썰어 프라이팬에 기름을 두르며
　포도주 두 잔을 따라 놓았어요
　부침개 안주 삼아 어머님의 서러운 맘이나 달래보려고요
　어머님! 마음의 평화는 이렇게 찾아오네요

2009. 8.

시작 노트 : 조순덕 할머님의 착하고 지혜로운 며느님 송선순 님의 산문
을 그대로 시로 옮겨봄

# 마지막으로 남아 있는 얼음
- 시인 김수영 님의 글을 빌려

참으로 오랜만이다
친한 형님을 만나 술을 마시는 多幸
죽은 시인을 만나
악수를 건네고
시인이 시보다 좋아했던 술을 마신다
40여 년 전에 그가 쓴 글
허위에 대한 근본적인 반성
그것만 해도 여간 고마운 일이 아니다
나는 재주도 없고
구수한 시를 쓸 수 없어 슬프지만
시를 기다리는 법을 배운다
아무도 하지 못한 말을
모기소리보다도 더 작은 목소리로
그저 진실하기만 하면 될 것 같다
시보다 생활이다
사는 게 비슷하다
풍경을 살지 못하고
사는 게 난리다
자디잔 일들에 시달려왔다
모두 다 바쁘다는 것이 사랑을 낳는다는데
나도 사랑을 배우기 시작한다

나도 정성뿐이다

정말 할 일이 많다

불필요한 어리석은 사랑의 일이

원수는 내 안에 있다

내 영혼의 문제가 더 급하다

오래 사는 질긴 목숨의 뜻도 있겠다

아무도, 아이들도 노래하지 않는 시대의

희망의 죽음이라도

죽음의 희망이라도

노래한다면

온몸이라면

정직하다면

조용히 침묵한다면 혹은

그리워한다면

마지막까지 남아 있는 얼음일 수 있을까

2009. 9.

# 사노라면 님*께

이 땅의 참된 교육을 위해서 애쓰시는
맑은날님…… 오늘은 기분 좋은 일이 있어서
술을 한 잔 해부렀네요……
노숙인, 장애인, 노점상, 철거민, 이주노동자, 전과자들,
님의 표현대로라면, 우리 모두와 다를 바 없이 똑같이 평범한 사
람들
없는 이들과 함께 고생을 하시는
사노라면님의 글을 받고

기분 좋은 일이 있어서 술 한잔 하셨다는데도
왜 집을 나와 선 공터엔
쌩한 바람 불어오시는지
궁핍하게 살지 마시라고 누가 돈 천 원도 주지 않는
억울한 눈물들을 담으려면
억장이 무너질 텐데
무수한 슬픔들을 어찌 다스리실까

좋은 일이 있어서 술 드셨다면
약술입니다
나쁜 일이 아니고, 정말 좋은 일이었지요?
공무원노조가 민주노총에 가입했더군요

아침에 첫째가 잘된 일이지 아빠? 묻더군요
잘된 일도 있다지만
세상과 학교가 돌아가는 것에 심상하기만 하여
절망이다 싶다가도

깨어나라고
하늘에서 깊은 데서 제 어깨를 툭 치는 분이 계시는데
땅에선 까만 밤에 소슬하니 가을바람처럼
님이 말씀 주시네요
선생님, 제대로 된 참된 교육 애쓰시라고
저는 직무유기하며
숨어 빌붙어 자리보전하고 있는데

양심에 눈 감고 벙어리로도 살아남을
노회한 중년과 달라서
님은 마음고생이 좀 심하시겠습니까
나라가 내치고 몰라라 하는
없는 이들의 분노와 절망의 끝은 언제일까요
용산의 아픔은 더 깊어가고
집 잃은 사람들은 갈 데 없이 서성이는데
밤새 기다려

아침에 뜨는 희망을 뵌다면
술 없이도 사람들을 세상을
그리하여 사랑을 잊을 수 있을라나요

가끔 별이라도 뜨는 밤에는
술 한잔 좋습니다
작은 잔의 꿈이라도 들이키지 않는다면
허전하고 쓸쓸한 바람을 어찌 달랠까요
수고하고 짐 진 자들의 고단한 꿈
새벽길 폐지 할머님들이 겨운 짐수레를 벗고
따순 잠을 주무시는 꿈
철거민들이 흙으로 만든 집에 군불 지피며 밝게 웃는 꿈
노숙인들이 가족과 만나 엉엉 우는 꿈
아이들이 학원 안 가고 마음껏 뛰놀다
밤새 책 읽다 훌쩍 키 크는 꿈

취하도록 꿈을 드세요
별 한 개만 빛나던
가을밤이 지고
사노라면 언젠가는
좋은 날도 오겠지요

그날이 오기 전에
저도 술 한잔 드리고 싶습니다
우선 제 전화번호를 드립니다
우린 중랑천변을 옆에 두고 가까이도 사는데
스쳐 지나가더라도 모르는
생판 남이겠습니다
문득 술 드시고 싶을 때
같은 동네 사람을 부르시길
자전거는 음주단속에 걸리므로
놓고 오시고

2009. 9.

* 사노라면님은 블로그에서 만난 절친한 친구

# 아래를 보며 산다

폐지 몇 장 실은 낡은 유모차 따라
꼬부랑 할머니 고물상에 들어오신다
딱해서 유모차 밀고 오셨을
중년의 사내는 가고
오백여 가구의 생계가 이 고물상에 달려 있다는
아래를 보며 산다는
마음 좋아 보이는 주인은
이천오백 원을 할머니 손에 쥐어 주는데
어제 하루 종일 설탕물 한 그릇 드셨다는
라면 살 돈 구하러 나섰다는
팔순은 족히 넘어 보이는 할머니를
근접 촬영하던 점퍼 차림의 여자
카메라를 고정한 채
소리 없이 울고 있다

2008. 11.

163

# 아무도 만나지 못하고

금요일 밤 호프집에서 나는
일간지 하나를 다 읽도록
아무도 만나지 못했지만
사람 둘을 만났다
통일정부가 어렵다고 해서 단독정부를 주장하는 사람들과 함께
할 수는 없었던 우파 김구는
그의 평생의 신념을 버리고 삼팔선을 넘었다
민족의 통일된 몸을 바라 그는 개인을 넘었다
앵커 신경민은 '법과 질서'를 넘어 '사람'이 송두리째 빠져 있었
다고
용산의 無理를 지적했다가 클로징당했다
암살당하거나 클로징당한 사람들을 만나는 동안
나는 아무도 만나지 않았다
사실은 올해부터 차마 담임을 맡을 수 없어서
아이들을 만나지 못한다
우리 학교에선 행정담임이라는 것을 성적순에 따라 아이들이 선
택한다
진학율 말고 학교에 무엇이 있는가고 다들 그런다
이십 년 교사 생활하다 보니 어느덧 나는 C등급 교사이다
오늘 학교에서
평소에 개인의 능력을 높이 평가하는 연로하신 김 선생님이

나를 굳이 찾아와 말씀하시는 것이다

"이 선생 요즘 정부와 학교와 학원이 짜고 애들 가지고 장난치는 것 아니야?"

평소처럼 나는 웃어드리기만 했지만

자수성가하신, 많은 동생들을 혼자 거두시느라고 평생 고생하셨다는

보수적인 분의 입에서

신랄한 비판을 듣는 시대다

그분의 말씀이라면 옳을 것이다

9시에 만나기로 했던 은행원 친구는

9시 40분에 전화했더니 아직도 회의 중이란다

다들 힘들게 산다

오지 말아라

너무 늦었다

김지하는 생명의 도를 닦고

고은도 그림을 그리는 세상이어서

아무도 만나지 못하고

혼자

작은 메모지에 쓴다

민주주의여 만세

를 쓴다                                        2009. 4.

# 잡초
– 시처럼 눈물처럼


이런 식으로 살고 싶지 않다던 사내
시를 쓰고 싶다던
사내의 눈에서
시가 뚝뚝 떨어지네
헛되이 날려버린 돈보다도
시간의 무게에 맞서고 있네

쉬이 주저앉을 놈 아니어서
슬픔만 남았네요
채소처럼 눈물짓는 사내
형님 제가 가는 노래방은요
시간은 무제한이랍니다
너라면 할 수 있을 거야 할 수가 있어
그게 바로 너야
굴하지 않는 보석과 같은 마음 있으니
성토하던 사내
굴하지 않는 보석보다 잡초만 같더니
시집보다 영롱한 책으로
아이들 곁에 서고서
시간에 지고, 눈물에 지고
일 대 일로 세상에 버텨야 한다고

아내에게 고백했다던 사내
쓸데없는 걱정 접으라는 말에
천천히 고개를 들던 동생
다정한 그의 눈물
잊지 못하네

2010. 4.

IV          젊은 느티나무

# 1학년 2반 물고기

낡은 校舍 응달진 곳에
물고기 한 마리 외로운 遊泳

학교에 들어오는 꽃나무들이
죽어서 나가므로
나는 저 물고기의 生死가 걱정이다

고운 숨결 한결 같으려면
싱그러운 물 그치지 않고

힘차면서도 부드럽게
물살 가르자면

너른 바닷바람
맑은 산 기운
푸르러야 할텐데

고개 쳐들어 하늘 보는
저 물고기의 飛翔

학교에 들어오는 꽃나무들이

죽어서 나가므로

나는 저 물고기의 生死가 걱정이다

2003. 10.

# 그 학교의 사슴

그 학교엔 사슴도 있었습니다

校舍 뒤편 단풍나무 너머
작은 숲
햇살 아래

아가 꽃사슴 순한 눈망울
가을 바람에 흔들립니다

수능 보는 날이라 아이들이 보이지 않네요
한 아이는 1교시 후에 돌아오지 않았어요

고운 잎 두 장
떨구고

종료령이 울립니다

2003. 11.

+ 세상을 버린 두 명의 어린 넋을 생각하며

# 민들레
- 슬픈 아이들


봄비 내려
온 세상이 씻은 얼굴이고
바람도 투명한
청색인데

민들레 홀씨 하나
떠다닙니다

나는 여전한 허리의 통증을
되새기며
아이의 슬픔을 생각합니다

갑자기 슬퍼져
죽을 것을 생각하면,

죽은 이라크 소년의 해맑간 얼굴을
폭발로 다쳐 누워 있던 북한 아이 넷을
고엽제 소년의 손 없는 팔을

아이는 보았다고 말하지 않았습니다

그래도 민들레는 피어난단다
밟혀도 죽지 않는 꽃도 있고
죽어가는 일에도 익숙해진단다

허리의 통증은 가시지 않고
아이는 또 갑자기 슬퍼질 것입니다

민들레 홀씨 하나
슬픈 사랑
하얗게 웃으며

맨땅에 질긴 뿌리
내리는 중입니다

2004. 5.

174

# 잠자는 아이들아

잠자는 아이들아 아이들을 깨우면
선생님을 흉내 내며 잠자는 아이들아 공부해야지 따라하며 까부
는 아이들아
덜 깬 눈 빨개진 이마를 가리며 교실을 나와
제 교실 들어가 쉬는 시간에 또다시 이어 자는 아이들아
졸리면 작은 의자 위에 무릎을 꿇고 수업 받던 형이 있었단다
좋은 대학 가고도 쉬운 과외로 버는 돈 거부하고 노동의 가치 앞
세우며 새벽길 배달일 했었지
열에 떠서 터질 듯 붉은 얼굴로 뜨거운 이마 세우고 밤을 버티던
형도 있었고
혼자 남아 시험지에 눈물 떨구며 나는 왜 안 되는 것일까요 울던
형도 있었지
공부는 꿀 같다고 시를 쓴 형도 있더구나
새벽 남대문 시장에서 점원으로 일하다 사장님 차로 퇴근길에
등교하던 형은
꼭 성공하여 선생님 찾아뵙겠다고 편지를 보내왔고

말을 걸어보면 다 착한 아이들아 푸른 배추 같은 아이들아
벗겨보면 하얀 속 환한 미소로 웃는 아이들아
일어나서 깬 눈 찬 이마로 공부해보자 너희들의 꿈을 알아, 쿨한
세상을 살자면

175

내가 깨달아 내 힘으로 먼저 읽고 질문해보아야지

더 많은 문제 읽고 나만의 식을 만들어 내 손으로 풀어보아야지

틀리는 것 두려워 말고 많이 틀려보자 틀리면 지우지 말고

풀 수 있을 때까지 끝까지 풀어내는 거야

아침부터 밤까지 너무 많이 듣기만 하여 받아쓰고 외우려고만

하는 아이들아

ㅇ 자 ㅁ 자에 색칠만 하는 아이들아

그려진 빈 칸 메우지 말고 밑그림 없는 백지에 내 그림을 그려봐

항시 새로운 지문, 배우지 않은 지문을 찾아

단어 뜻 모르지만 전후 맥락 파악하여, 의미 찾고 이해하고 판단

내리자


지식은 놓치더라도 사람은 남기자 아이들아

자버리면 점수만 놓치는 것이 아니라 너희들의 청춘도 놓치고

말아

학교 얘기하라면 잤던 기억 밖에 없다면서

학교를 욕하는 노래를 부른 형도 있었어

눈 부릅뜨고 수업을 들어야 욕할 수 있단다

바담 풍을 말해도 바람 풍을 들어야 더 나은 세상의 나무로 크지

숱한 시험 모진 세파 귀찮아 졸라 짜증난다 게임만 하지 말고

맨몸으로 겪어 단단하고 야무진 차돌이 되어 못된 세상 한 팔매

로 깨어버리자

돈이면 다 된다 쉽게 말하지 말자 천한 10억 벌기 유행이라지만

10만 원 생활비 너무 많아 5만 원 남겨 남을 돕는 삶도 있음을

학교에선 누군가가 가르치고 있음을 잊지 말아라

정신이 살아야 경제가 산다, 사람이 살아야 더불어 잘 사는 세상

올 거야

잠자는 아이들아 떠드는 아이들아 너희들이 우리의 꿈이구나 현

실이구나

눈 떠 빛나려무나

2004. 10.

# 세한도

심한 아토피, 머리까지 빠져나가는 고투의 수험생활 끝에
그 아이 연세대 경제학과 수시 2학기 합격 (교사 메모)


60일. 이제 수능이 가까워졌다. 힘들 거다. 춥다…… 그래도, 소나무는 추워야
푸른 줄 안다고. 추울수록 푸르게 자라. 푸르게 푸르게…… 좋다! 추워야 소나무
는 제 맛이다!-세한도를 보고
겨울이 와야 소나무가 푸른 줄 안다! (학생 메모)


거칠게 그림 그려놓고, 숨 가쁘게 적어놓았던 아이의 생활노트
도서관 쉬는 시간에 다람쥐처럼 달려와
여섯 친구 아이스크림 나눠주더니


뛰어 계단 올라
교실 문 열고
됐다 전해줄 때의 기쁨
재차 묻는, 좋아서 믿기지 않아서
복도에 나와서도 꿈결인 듯 왔다 갔다 하더니


그렇게 또 한 아이가 추운 세상에 나선다
더 큰 공부 바로 하여
더 나은 세상을 그려나가라

입시와는 또 다른 먼 길
험로 겹겹 기다리리라

이제는 아이야, 아이들아
세상과 너와, 너희들의 진검 승부
고3 때의 간절한 꿈으로
시험 공부할 때의 지극한 정성으로
추워야 제맛인
겨울 소나무의 정신으로
네 몫의 책무만큼은 감당하리라 믿는다

그 본디 마음과 자세를 잊지 말아라
어느 날 훌쩍 커 있을 너희들을 만나리라

2005. 10.

# 봄밤
– 앵두나무 아래서


지치고 아파서
바로 설 힘도 없어

낮은 키
가난한 마음으로
외롭고
쓸쓸하여
가까이 갔더니

칠흑 같은 어둠 너머로
작은 앵두나무
고운 꽃으로 반깁니다

능력 없는 것들이 분배하자고 떠든다고 한 선생님께
화가 난 아들놈에게
나무 한 그루
심고 싶어서

모래 한 알의 힘으로
적의 성벽을 치다 죽은 김남주들이 죽어가는 봄밤에
무지가 죄인 밤에

침묵이 죄인 밤에
앵두나무 옆에서
굴욕과 수치의 밥을 곱씹으며
굴욕과 수치의 힘을 믿습니다

가난하지만 부지런한 경비 할아버지의 손끝이 가리키던
싱싱한 나무들의
푸른 아침이
기다립니다

2008. 4.

# 축구왕 숯돌이 응원가

굳이 서울의 작은 대학을
자퇴하고 바라던 성적 아니었으리라
재수생 숯돌이는 수능성적표를 감춘다
오늘은 인사만 드리고 상담은 안 할래요
현실은 현실이니 복사해둬야 해
아이의 아픔을 눌러 담아 갈무리해두고
둘이 나란히 등나무 아래 앉았는데
포근한 오후라서 오히려 슬프다

더 이상 입시 공부는 안 하겠다는
아이의 웃는 얼굴이 다행이지만
夜自 빼먹고 축구하다 몇 번이나 혼났던
재수하면서는 공 한 번도 못 차서
수능 끝나는 날
밤에라도 축구하겠다더니
자기는 괜찮은데
주위 분들의 마음 아프게 하는 것이
죄송하다는 숯돌아

공처럼 높이 꿈이 차올라
새잎은 나고

오랜 수고의 땀과 숱한 실패의 거름을 먹고
나무는 자란단다
먼 길을 아프게 걸어본 사람들만이
작은 풀잎들이 흔들리는 눈물을 듣지
온몸으로 꽃은 피어나고
꽃과 힘까지 비우고 나서야
나무는 단단한 열매를 맺는단다

축구장보다 넓은 내일이 있어
스트라이커는 줄 서지 않는다
시험은 끝이 없으니
매일이 시작일 뿐
너만의 볼을 찾아 외롭지 않게
오늘의 좌절은 패스해버리고
힘차게 달려라
내일의 골을 향해
꿈을 날리자

2008. 12.

# 녹색성장의 나라 아이들

언제부터인가 우리들은
아이들의 노는 모습을 참지 못한다
심지어는 독서 역시 공부가 아니다
아이들은 아무 생각 없이
아침부터 늦은 밤까지 공부에만 전념하면 좋으리라
토요일은 어른들만 꼬박 챙겨 놀면서
8시간 노동은 어른들의 근로 기준일 뿐이어서
비정규직 아이들의 학습노동 시간은 교섭 내용이 될 수 없다


대여섯 살 때 나는 소록도 앞 녹동의 남촌에서 살았는데
밤마다 북촌과 전쟁을 했었다
장대를 앞세운 형들이 돌격을 하면
우리 같은 조무래기들은 나무칼을 들고 열심히 그 뒤를 따라 달
렸다
후퇴할 때 뒤쳐져 포로가 되면
새끼줄에 묶여 닭장에 갇히곤 했다
형들이 올 때까지 캄캄한 밤을 가슴 조이며 무서워 떨었지만
저녁밥 먹고 집합 소리가 들리면 어김없이 집을 뛰어나가곤 했
다


달밤의 골목길을 뛰어다니던 아이들은 어디로 갔는가

184

산과 들을 말 달리던 화랑들의 호연지기는 아득히 멀다
학원 수업 마치고 늦은 밤 귀가하여
손바닥만 한 모니터에 지친 눈을 고정하고
벌레들을 모아 개미집을 부수다가
출몰하는 적들에 핏발 세우고 살의를 키우거나
현란한 상품들의 창고들을 번개같이 드나들다
어른들은 상상도 못하는 어른놀이를 하다 잠든다

어려운 수학 문제가 당락을 좌우하는 우물 안에서
개구리들은 도스토예프스키를 단 한 명도 모르므로
엄지에 굳은살이 박힐 때까지 문자질로 구원을 꿈꾸고
초등학교 때부터 일제고사로 채워지는 경쟁력이
대학입시 빼고 어느 세상에 통한다는 것인지
시험지보다 더 넓은 세상을 본 적이 없는 아이들이
경시나 모의고사 문제의 다양한 깊이에 절망하여 머리 묻는 아
이들이
매일 똑같이 반복하는 일상을 의욕하지 않는다고 나무랄 수 없다

일제고사 안 보이고 체험학습 허가했다고 교사를 내쫓는 창의성
의 나라에선
방학 없이 무제한 보충학습 권장하는 자율성의 나라에선

녹색으로 생태적으로 성장하느라

아이들이 질문하지 않는다

반응하지 않는다

놀지 않고

잔다

오늘도 기말고사 수학 시험시간에

한 아이가 자다가 심하게 이마를 책상에 박았는데 그 소리가 크
고 높았다

2008. 12.

# 엄동설한에 함박꽃

이른 봄 3월이면 어김없이
아이들 꽃핀다
엄동설한 칼바람 세상에
무엇을 바라
꽃들은 피어나는지
교실 문 열면
처녀인 아이들의 초롱한 눈빛
아! 푸른 꽃바다여서
차마 놓을 수 없는
손들을 잡고
검푸른 절망의 벽이라도 좋다
어리석은 사랑을 하자
이길 수 없는 싸움이어도
우리도 마음만은 지지 않는다
혼자 먼저 안 간다
더디어도 함께 가면
가난해도 행복한
함박꽃이다
살얼음판 어둔 세상
환해지리라

2009. 3.

# 어린 새들에게

비포장의 산길을 덜컹거리며 차를 몰아가다
길 건너는 꿩 가족을 만났었다
어미 꿩이 앞장서고
네 형제의 새끼 꿩들은 줄지어 뒤를 따르는데
어미는 차가 멈춰서도
아이들을 지켜보느라 달아나지 못하고
새끼들은 전혀 서두르지 않고
종종종 저희들의 걸음을 걷는 것이었다

황토길을 건너는 그들의 나들이를 기다리며
아이들을 떠올렸다
속도와 기계와 자본이 생명을 넘보는 세상을
어린 새들아 침착하게 건너야 한다
함께 떠나지만 혼자 맞이해야 할 위험은 사냥꾼 같다
어미는 생명을 주고 앞서 길을 나설 뿐
걷던 다리에 힘이 실리면
새들아 스스로 푸르러 날갯짓하리라

사랑의 먹이밖에 없구나
범부의 가난을 끼니로
오랜 굴종의 생활에 묶여

지혜롭지도
자유롭지도 못하였으나
아비의 겨울은
그리운 봄 한 송이는 항시 곁에 두어
초라한 소품의 시 몇 편으로 남았구나

더딘 걸음과
콩콩거리는 어린 가슴을 믿는다
어진 마음과 씩씩한 정신의 새들아
이상의 하늘은 높고
예지의 우물은 깊구나
어둠이 짙어도
바람의 무게와 들풀의 키와 슬픔의 날개로
끝내 사랑이어라

2009. 4.

# 병아리 원정대

시원한 바람 찾아
등나무 아래 들었는데
노랑 옷의 병아리 떼
달음박질하여 뛰어오네
아가 같은 초딩들
잡을 틈도 없이 새나가누나
어딜 가니?
따라가요
동문에 서답하고
마지막 병아리의 꼬리 번개 같아라
교사 뒤편 정화조 묻힌 버려진 공터는
귀신도 산다는 모험의 숲이어서
병아리 떼 쫑쫑쫑 숨어드는 곳
아이들은 콘크리트 부수고 피어나는
개망초며 애기똥풀의 미소가 보일까
바람처럼 사라지더니
바람처럼 돌아오네
흘린 땀 붉은 홍조가 귀엽고 예뻐서
아무것도 없지? 재미없었지?
뛰어가다 말고 돌아서 높은 목소리로
아니오 달팽이 시체도 있었어요

아 그랬구나 대단하구나
신나서 이구동성 한꺼번에 떠들다가
원정대가 찾아낸 보물 자랑하러 가는구나
해맑은 눈동자들 웃음으로 배웅하고
달팽이도 찾지 못한 노안을 탄식하다
첩첩산 어둠을 넘어
느닷없이 뛰어오는
희망을 보네
뛰어갈 순 없어도
노랑 병아리들 따라
신나는 모험 떠나는
바람도 시원한
유월이었네

2009. 6.

# 젊은 느티나무

장마 비 그친 사이로
잠시 파란 하늘 보이는 오후에
어린 나무들의 세상을 보네
기말고사를 맞아 시험공부하는 아이들
쉬는 시간이면 좁은 복도가 웃음꽃 흐드러진 들판이어서
푸른 다람쥐들의 몸싸움이 볼 만하더니
쉬는 시간은 짧고, 공부시간은 길어서
아침 0교시 정규 7교시 보충 2교시 야자 3교시 심야학원 4교시
여름방학에도 보충 6교시까지
숨 막히도록
더 단순하게
더 모질게
누가 누가 숨 쉬지 않고 오래 버티나
친구들보다 더 좋은 점수로도
내일을 알 수 없으므로
하얗게 질려 멍한 눈동자로
혹은 책상에 눌려 빨갛게 상처 난 이마로
정해진 수준별 교실에서
미리 선행하여 다져진 실력대로
외고 과고 실패한 A반 아이들은 특별반에서 외롭게 과외식 수업
못난 B C반 아이들은 버려져 들러리 노릇

수도 없이 고난도의 문제로 단련된

특히 수학의 정석에 요즘은 개념원리에 탁월한 인적자원들이어서

라일락꽃 향기 흩날리던 날

교정에서 우리는 만날 수 없네

책 읽는 소년은 책에만 나오고

사랑의 노래와 삶의 그림은 시험에 나오지 않으므로

세상은 경제로만 이루어져 있으니

노동자들의 수고와 비정규직의 눈물은

아이들의 반면교사

저희 반 담임선생님이 학원 망해서 학교에 들어왔다는데 맞냐고 묻는 아이들이지만

쓰던 시를 멈추고

너희들의 이야기 맞니? 물으면

문득 고개 끄덕이는 눈망울이 흔들리네


아직은 인 서울, 가고 싶은 스카이를 향하여 묵묵히 걷지만

혹은 지방대, 전문대라도 빨리 끝나기만 바라지만

착한 마음만은 1등급이어서

수업 끝나면 지들끼리 즐거운 웃음을 잃지 않으니 다행이구나

등급대로라면 견딜 수 없을 면벽의 정황을

좌절의 한숨보다는 웃어버리는 지혜를 스스로 터득한 아이들아
너희들이 부처님의 진신사리이구나
절실한 희망을 수없이 좌절당한 모의고사의 절망을 넘어
상처투성이의 12년을 포기하지 않고 오래 견딘 단단한 나무들아
학교만 떠나면 시험만 끝나면
빛나는 나무들로 훌쩍 커버리는 아이들아
기어이 눈부실 빛의 씨앗들아
대기업 못 들어갔어도, 좋은 대학 안 나왔지만
힘겨운 취업의 깔딱 고개 넘으며 참된 실력 길러
화려하지 않은 일터에서 부지런히 일하여
이쁜 짝 만나 장가도 가고, 토끼 같은 새끼들 거두며
소박하게 살고 있는 형들이 너무 많구나
세상은 오직 경제만으로
연봉과 수치만으로 사는 일이 아니어서
선한 뜻과 진실한 열정의 힘이
우직한 사람들을 살려내고
망할 듯 위태한 세상을 끝내 지켜주고 있구나
답이 정해져 있는 좁쌀 시험지는 내던져버리고
혼자 이겨 독식하는 키 재기는 나쁜 놈들 몫이니
내 마음서 샘솟아 어떤 놈이 막아도 놓을 수 없는
정말 하고 싶은 일 하러

싱싱한 바람 쌩쌩 부는 들로 나가자
드높은 산에 올라 하늘을 마셔보자
가난한 저잣거리 장삼이사로 살아도
지폐 한장 동전 한푼으로도 행복할 수 있나니
막걸리 한 사발 김치 한 종지의 자유를 누릴지니
사랑에 뿌리박고 희망을 벗 삼아
돈과 힘과 겉을 하찮게 여겨
잠시라도 허튼 수작에 곁을 주지 않아야 한다
평생을 정직한 땀으로 스스로의 땅을 일구어
어느 반 급훈처럼 민족의 소금이 되어라
젊은 느티나무들아

2009. 7.

195

# 맨땅의 중심

봄이다
소년들아
그제는 바람 불고
날빛 흐린 위로 산수유 노란 미소
조용히 꽃 피더니
어제는 진달래
연분홍의 소녀를 만났구나
세상의 희망이며 길인
소년들아
새봄이면 해마다 나는
순결한 마음들을 맞으니
사랑만큼 복된
일이 없구나

이른 새벽부터
고운 잠들 때까지
씨앗처럼 뜻을 품어
맑은 마음으로
선한 지향 착실한
배움의 날들을 가자
대기 가득 고비사막 모래바람조차도

경쟁이며 효율의
날선 칼날 위에서도
야무진 실천의 우직한 걸음으로
나누고 베푸는 기쁨을 알아
다들 너그럽고 따뜻하구나

詩로 살아라
소년들아
매일 키 크는 샘물들아
반복과 답습의 무의미를 떠나
새 땅과
새 하늘을 노래하자
옹벽처럼 단단히
맨땅의 중심에 서면
벨 듯 검푸른 절벽 끝마저
새들에겐 무수한
황홀의 꽃이거늘

2010. 4.

# 사랑은 아직도 끝나지 않았네

오늘처럼 비 오던 날이었지
북한산 계곡 물가에서 들었던
장쾌한 물소리
초임 선생이었던 나는
전체 교직원들 앞에 나와 서서
사랑은 아직도 끝나지 않았다고 선언했었어
나의 노래는 물소리보다
퍼붓던 장대비의 굉음보다 크고 높았었지

고2 때 떠나버린 학교를
십 년 넘어 지나서야 돌아와
이십 년 동안 학교에서
꼭 나 같은 소년들을 사랑하며 살았네

소년들과 함께 얼마나 많은 시험을 치렀던가
봄이 오면 어김없이 반짝이고 일렁이던 꿈들
무시로 찾아들던 숱한 눈물 너머로
오히려 환하게 피어오르던 희망의 꽃들
엄습하던 불안과 뼈아픈 좌절의 벽들을 딛고
어린 나무들은
푸른 날개 듬직한 줄기 굵은 나무가 되어

반가운 미소로 돌아오더니

맑게 개인 날 아침에 못 다 쓴 시를 보네
내일의 시험문제를 열심히 풀고 있는 시퍼런 눈빛들
답지엔 고운 꿈 또박 또박 새겨놓아라
예지의 칼날은 바짝 벼리도록
소년들에겐 방황마저 절망마저 새 길의 초입인 것을
돌작밭이 두려울까
장마마저 오래 기다리겠네

햇살 가득한 교실
총총한 별들의 드높은 노래
끝나지 않은 사랑

2010. 7.

V      늙은 떡갈나무의
                사랑

# 자전거 타는 아이

자전거가 내 몸처럼 경쾌해질
자전거가 날개일
자유

내 몸보다 더 큰 삶
오늘 하루의
혹은 세월의 바퀴 위에서

몸을 가누어
중심 지켜

속도와 바람과 사랑할 만큼

자유롭기 위해

아이는 아파하면서도
다리 절며
일어서서

다시
넘어져 있는 자전거를

일으키고 있었어

2003. 9.

🌿 시작 노트 : 어제 둘째가 태권도 도장서 상으로 자전거를 타온 걸 끌고 자
전거 타기 숙제를 했다. 첫째와 달리 운동감각이 좋은 아이는
아니어서, 나이에 비하면 늦은 건데도 아이는 많이 어려워했
다. 자전거를 감당하지 못하여 땅에 넘어져 처박히고 심하게
다쳐 다리를 절룩거리면서 울기도 여러 번. 어렵게 자전거를
타고 다니기 시작했지만, 아직 혼자 발을 굴러 자전거를 출발
시키는 것이 익숙하지 않다. 아이는 밤에도 아빠를 졸라 연습
을 했다.

203

# 가을엔

오래 그립던 가을엔

나쁜 일은 잊고
끝없이 맑아지기

아프지 않고
고운 말만 하는

가을을 선포함

아빠가 집에 닿을 때까지는
어두워지지 않아
아이들이 가슴 시리지 않기를

엄마의 늦은 밤
강변길이

가을 빛 깊어
향기롭기를

2003. 9.

204

# 가을 편지

하도 가을 빛 찬란하기에
사랑하는 사람에게
편지를 씁니다

연주황 햇살
하얗게 부서지는 너머로

사람만이
영혼만이
사랑만이
선명한 아침

당신의 근심과
당신의 불안을
내가 알기에

저 하늘의 파아란 물 한 두레박 길어
당신의 마음을 맑게 씻어드리고 싶습니다

새벽이면 어둠이 더 짙어가고
나서면 가을바람 쓸쓸합니다

사랑하기에도 힘이 부쳐 슬퍼지는
가을에

나무처럼

겉 가지의 부산함이나
흔들리는 잎새들의 어리석음까지도

다 버리고
오늘은 단출해지기로 합니다

그리하여 가을엔
당신의 따사로움이

더욱 그리웁고
감사합니다

2003. 10.

# 아가를 기다리며

아가가 생겼다는 반가운 소식에
서울의 형아들도 활짝 웃었지요

아빠 엄마 닮았으면
착하고 예쁠 아가

할아버지 산소에서
절하며 드린 기도 들어주셨나 봅니다

아버님 사랑하시던
우리 막내 시집가서

이 서방과 둘이 금슬도 좋아
들리느니 좋은 소식입니다

어제는 달이 밝은 가을밤길 걷다가
LA 하늘 가득 환하게 밝힐

보름달 우리 아가
고운 미소를 만났습니다

2003. 10.

# 눈 오는 날
- 기석이와 아빠의 동시

제목 : 눈

소복소복 안 쌓이면 눈이 아니다
소복소복 쌓이면 눈이다
눈은 좋다
눈은 겨울에 온다
눈은 여름에 오면 눈이 아니다
눈은 좋다

아빠도 기석이에게 동시를 보냅니다

소복소복 쌓이도록
좋은 눈 오는 날
아빠하고 형아랑
무슨 놀이 할까요

하얀 눈을 뭉쳐서
던질거예요
눈썰매도 신나게
타볼거예요

아빠 이젠 스키도
초보는 아니지?
리프트에 타고서
높이높이 올라가

눈 덮인 언덕 위서
쌩쌩 내려올거야
넘어져도 울지 않는
아홉 살이니까

눈이 오면 밤까지
오래오래 놀아요
환한 세상 파란 하늘
별도 총총 빛나고

겨울엔 좋은 눈이
소복소복 내려요
엄마 아빠 형아랑
재밌을거예요

아빠 동시 끝                          2003. 12.

# 콩쥐야
- 기윤이와 아빠의 동시


착한 기윤이의 편지


아빠 사랑해요
슬픈 일이 없기를……ㅜㅜ
기쁜 일만 있으면 좋겠당～～～!!
아빠 파이팅～!


아빠도 기윤이에게 편지를 보냅니다


콩쥐야 사랑해
슬픈 일 없고 기쁜 일만 있기 바라는
착한 마음 모르는 듯


팥쥐 엄마 심술궂게 고운 콩쥐 나무라지?
껴안고 예뻐만 하다 약한 애로 자랄까 봐


열두 살 소년 다 큰 콩쥐에겐
힘든 일 귀찮은 일 먼저 시킨단다


공부나 책보다 게임이 재밌잖아
글 쓰고 심부름하기보다 노는 것이 좋잖아

남보다 좋은 점수 욕심내나 화가 나지?
무엇이든 자신 있게 열심히 해보자고

큰 소리로 힘내라고 꾸짖기도 하는 거야
뛰어 놀고 공부하기 미루지 않고 오늘 하면

슬픈 콩쥐 먹구름 모두 걷히고
파랑 하늘 환하게 열려
기쁜 일만 있을 거야

콩쥐 팥쥐 엄마하고 아빠랑 넷이
오래오래 행복하게 살았대요
노래할 수 있겠지?

아빠 편지 끝

2003. 12.

211

# 4월의 사랑

선운사 동백처럼
슬픈 아내야

아쉬워도
힘들어도

라일락 향기
아찔한 봄밤을 걷자

아파트 나서면
푸른
골바람

나부끼던 잎새들
꽃이 아니더냐

2004. 4.

시작 노트 : 쓸쓸하게 봄이 가고 있다. 아내는 9시쯤 퇴근하여 아이들과
밤 산책, 혹은 운동을 나가고 싶어 한다. 그런 아내가 애달프
다. 선운사 동백을 얼마나 보고 싶어 했는지 모른다. 올해도
결국 못 가고 말았다. 그래서 아쉽게라도 동네 나무에 핀 꽃
이나 그 향기, 바람에 나부끼는 나뭇잎들의 무수한 꽃송이들
을 보라고 말한다.

# 오월의 신부
- 결혼기념일에


두 번째 밤이었던가
종로에서 광화문까지
여자는 막힌 차에서 내려 전화를 했고
사내는 눈 내리는 길을 걸어와
신부를 맞았다

다음 해 오월부터이니
햇수로 십삼 년
이름 새겨 나누어 끼었던 14k 반지도
어디에 떨구었는지
잊은 세월

사랑했냐고
사랑하냐고

슬프고 아팠던 날들을 지나
새 살 돋던 새벽에
꺼내 보던 그리움

오월의 신부야
나무꾼의 선녀야

감춘 옷의 생활에 속아
가위 눌려 깨던 밤이 하루였더냐

다시 길은 막히고
내리던 눈 푸른 잎 되어 쏟아지는
오월에

응암동에서 마포에서 전농동까지
가야 할 길 여전히 멀고 외로와도
전화하고 걸어오고
끝까지 가자

남루의 옷
슬픈 생활
매일이 같아도

오늘은 고운 손에
새 이름을
새기자 신부야

2004. 5.

# 유월의 노래
– 어머님께


어머님의 양산 아래서
어린 나는 콧날 시큰하여지고
가끔은 눈물 얼른 훔쳐내곤 하였다
불쌍한 우리 종일이
어머님의 기도 소리는 끝내 울음으로 그치고
유월이면 어김없이 찾아오는 묘비에서
김밥이며 색색의 꿀떡을 삼키다 목이 메었었다


고등학생이었다던 학도병 외삼촌
같은 묘역 누군가는 유복자로 태어나
손주까지 데려와 절하는 것이 부러운
어머님을 보며
나는 강아지풀이
서러운 영혼을 닮았다고 생각했었다


눈물이 마를 만큼의 긴 세월이 지나
몇 해 전부터인가
바다 건너 남의 나라에 계신 할머니에게
외삼촌 할아버지한테 절했어요
어린 나의 아이들이 지저귈 때면
어머니의 환한 미소 보이는 듯하였다

이모님이 언제나처럼 먼저 다녀가셨네요
한 다발 소국의 고운 보랏빛이 예쁘네요
저는 매년 잊지 않고 찾아와요
잠시 머물다
가는 길에 익숙해질 것 같아요
들풀조차 눈부시네요 어머님
오래오래 사셔야 해요
슬픔도 오래 익으면 고운 꽃으로 피네요

나 다음 우리 아이들에게도
어김없이 유월의 바람은 불어오겠지요
덧없어 더욱 그립고 소중한
아릿한 생명의 노랫가락 들려오겠지요

2004. 6.

217

# 김밥 싸는 아줌마

초췌한 얼굴의 아내
밤 9시 넘어서야 큰 비닐봉지 들고 귀가했었다
퇴근하면서 둘째 보고 현장학습 비가 와도 가냐고 묻더니
회장 엄마라서 노래방에 따라갈 수 없었다는 차장님이라
지하철 내려 비 내리는 밤길을 걸어 어느 마트엔가 들렀으리라
밤늦도록 김밥 준비를 하고 들어서더니
자는 아이 들어올려 가슴에 품었다

새벽에 꼭 깨워달라고 당부하던 아내
고운 쌀은 씻어 밥을 안쳤다
부족한 잠 힘들어 창백해진 얼굴로도
유부초밥 간을 하고 빨간 당근 갖은 양념
직장 다니는 아줌마야
분수에 맞게 삽시다 적당해야지
천 원이면 살 수 있는 김밥이야 그렇더래도
굴전에 호박전은 심하다고

화내도 소용없는 사랑이 있으리라
김밥만 싼 아줌마가 아니라고 해달라는
사랑에 깨를 치고 정성을 버무려서
찬합의 과일처럼 싱싱한 꿈을 바래

바쁜 출근 쫓기면서
부지런히 움직이는
김밥 아줌마

2004. 12.

# 겨울 길 1

한밤중에 들려오는 아내의 목소리
어깨가 내려앉을 것 같아
아직 회사야
아이들아 나갔다 오자
엄마 늦는대
겨울밤은 빨리도 어둡고 길기도 하구나
엄마 또 늦는대? 언제까지야?
일찍 끝나고 돈 많이 주는 데로 옮기면 안 돼?
일만 오래 시키는 것이 아니란다
윗사람은 아랫사람들 마음고생시켜
완전히 태워버려 아주 하얗게
엄마 괴롭히는 놈 때려주러 가자
아이들은 까만 하늘 바라보며 주먹을 쥐는데
경제 사정 안 좋은 대한민국의
직장 다니는 엄마들은
내일의 죠처럼
비틀대고 쓰러져도 자꾸 일어나
기어코 집으로 돌아온단다
아이들아 별이 보이지 않아도
아내여 노동자들이여
아픈 밤의 어깨가 무너져 내릴 때마다

별 무수히 쏟아지는 꿈 잊을 수 없어
어두워도 아파도 맑은 눈 뜨면
달빛 고운 마음 길 환하게 밝아오지
우리 먼저 기다리자
반갑게 만나자

2005. 1.

시작 노트 : 내일의 죠(도전자 허리케인)는 만화 주인공인데 권투 선수로
링 위에서 처절히 싸운다. 아내는 밤 11시 30분에 돌아와 어
미 닭이 알 품듯 아이들을 품었다.

# 겨울 길 2
- 한 걸음의 꿈

백합처럼 청초한
미소 지으며
집에 들어서고 싶은데

아득한 업무의 무게
사람들의 벽
세상은 모질어라

어제도 오늘도
피로는 단벌옷
벗어버리고 싶어

끝이 보이지 않는 오후에
사랑이여 시를 다오
구원의 SOS

무어라 답하랴
엄마는 아내는
아름다운 땀과 눈물

오늘 하루의 수고는

사랑의 현재
사랑의 미래

먼 시간의
모래산
오르는 수밖에

넘었다 싶으면
첩첩 고개 길
다시 막아서지만

찬 겨울에도
새로 돋는
연한 잎을 알아요

한 걸음의 꿈으로도
푸른 바다
보이네요

2005. 2.

# 미안하다 해피

가을날 아침길
소슬한 바람
예쁜 강아지
해피 생각

혼날 것 같으면 또르르
소파 밑에 숨던
아침상 앞에 두 발 모아
퍼붓던 눈빛

어제 밤 단풍나무
붉은 뒤로
너의 작은 몸 한 잎
어른대더니

마음 주었다면
오래 두고 지켜야 할 것을
보내고 측은한 정이
두고 두고 아파라

바라노니

가장 아름다운
가을 햇살만 담뿍 받아
스스로 튼실한
생명이기를

2005. 10.

# 어여쁜 한 쌍에게

오로지
사람만을
사랑만을
믿어
오로지

바라고
바라
허락하실 때까지
착하디착한 마음으로만
아득하여도
바라고
바라

어여뻐라
오래
오래
기다려서
맺은 사랑
어여뻐라

환한

웃음

한결같을

색동옷

사랑

2005. 11.

시작 노트 : 미국 사는 큰누님의 큰딸 혜심과 신랑감이 색동옷 입고 찍은
사진을 메일로 보냈다. 신랑감이 필리핀 젊은이라서 힘든 사
랑이었다. 둘 다 착하기 이를 데 없어 오랜 시간을 기다렸었
다. 사랑의 힘은 어떤 어려움도 이긴다.

# 봄 편지

배봉산 꼭대기에
벚꽃이 피기
시작했음
연선 4/7 11:51 A

배봉산에 불났어
연선 4/9 10:56 A

불 화아활 댕겨져
연선이랑 산이랑
온통 환해지길
관희 4/9 12:35 P

진짜 불났다니까
연선 4/9 12:37 P

아픈 아내의
다정한 벗인 배봉산의
불이 크지 않아
다행이었던 오후에

나는 봄불을
차마 끄지 못하여
편지를 씁니다

어제 밤에도
앵두나무 가지마다에
어여쁜 불이 났었어

진짜 불났었다니까
관희 4/9 2 : 40 P

2007. 4.

# 사랑이야

사는 일이 고단하다고
술 취해 들어온 새벽

6학년인 둘째가 5시 50분인데
스스로 일어나 태권도 가는 것이 기특하여
안아주었는데
자고 있던 중3이 자기도 안아달란다

그래서 사람은 사나 보다
사랑아 네가 있어서
사나 보다

2007. 9.

# 달무리

늦게 돌아온
아내가
굳이 밤길을 나선다

조금 떨어져
그의 야윈 뒷모습을 쫓다

달무리
본다

아이들이 기다리는 집
가까이서

그는 한 모퉁이
더 걷기로 하고

나는 주저앉아
담배를 피는데

나는 살자고
걷고

당신은

아내가 묻는다

2008. 3.

# 늙은 떡갈나무의 사랑

뒷산 밤길 걷다 보면
구절초만 하얗다
밤에도 곱게 빛나 고맙구나
내년에도 우리 만나자
아내는 또 한 해의 가을을 기도하고
나는 어김없이
고롱고롱 아파가며
사십 년은 살자 하고

문득 슬픈 일도 있었어
저 별처럼 상처는 남아 욱신거리지만
오늘은 행복해
손 잡고 걷다
부르는 밤 노래
어둔 길 굽이마다 주황 등불 흐려도
오랜 정에 기대어
늙은 떡갈나무의 사랑을 꿈꾸네

2008. 10.

시작 노트 : 퇴근하고서 배봉산의 밤길 걷는 것이 가장 행복하단다. 아픈 몸으로 회사 일 마치고 오면 몹시 피곤해하면서도 산길 걷다 보면 피곤이 가신다는 아내. 한 시간 조금 넘게 걷는 길가엔 구절초 피어 있고 오랜 연륜의 떡갈나무도 있어 든든하다.

# 새벽별을 만난 겨울

찬 새벽에 나와 보니
별도 차다
맵도록 추운 날이면
상계동의 겨울이 생각나

장독대에서 떨어져 봐도
지울 수 없었던
어린 막내가 쌔근쌔근 자던 방
난로엔 귀한 소고기국이 끓고 있었고
왜 국냄비가 엎어졌는지 몰라
어머니는 두 팔꿈치로
펄펄 끓던 국물을 감싸 안았고
아가의 포대기를 밀어내자마자
고기 건더기며 무가 섞인
여전히 뜨거웠을 국물을
두 손으로 냄비에 퍼 담고 계셨어

그날의 국을 먹고
오남매는 튼튼하게 성장했던 거야
궂은 날에는 무릎이 아파오고
일그러진 팔꿈치의 흉터는 골이 깊어서

여름이면 새살 돋는지 근지럽다셨지

찬 새벽이었어
마당에 나와 오학년이던 나는
공연히 코가 찡하니 아파
먼 하늘 바라보다
새벽별을 만났어
차고 매운 바람이 불어왔었지

2008. 11.

# 새끼 호랑이와 사랑을

새끼 호랑이 겨울잠 자는 거 보셨는지
나무 등걸 위에 넙죽 엎드려
턱까지 대고
보드라니 얼룩 고운 털가죽
살포시 덮어 입고
두 벼랑 사이 나무 한가운데서
웃으며 자는
놈은 가을 햇살 아래
감처럼 절로 익는지
겁 없이 걱정 없이 세상없이
온몸을 준다
새끼 호랑이의
두툼하지만 귀여운 앞발 보셨는지
우리 둘째 손인 줄 알았네
아이는 나의 새끼손가락 잡고
곤한 잠에 빠지곤 했지
사는 것이 쓸쓸하면
새끼 호랑이와 사랑할 생각이다
온전히 마음 주고 같이 자겠다
꿈꾸며 의심하지 않겠다
흔들리지 않고 슬픔까지도

잠결인 양 아프지 않겠다
사랑에 파묻히겠다
그가 잠에서 깨어나도
혹은 잎새들처럼 사랑이 지더라도
봄을 기다리겠다
다시 사랑을 시작하겠다

2008. 11.

# 봄밤에 산길을 간다

아내와 나는 매일 밤 산에 오른다
작은 소나무 밭을 지나
군부대의 철망 옆을 돌아 언덕을 오르면
하얀 개가 짖는다
나야 나
아내는 어둔 밤에 혼자 남아 부대를 지키는 백구를 좋아한다
어제는 웬일인지 맨땅에 웅크리고 누워 돌아보지도 않는 그를
나야 나 불러보는 것이다
능선을 따라 이어지는 야생화밭 길에서
아내와 나는 새로 난 조팝나무의 작은 푸른 잎들을 찾아낸다
히어리꽃 피었네
진달래 꽃봉오리 맺혔어
손짓을 하고
우린 어둠 속에서도
풀잎들과 꽃들의 빛과 색깔을 떠올린다
시립대쪽 갈림길에서
아래를 본다
내가 쉬를 하면 서울이 잠길 거야
아내는 문무왕을 낳는 꿈을 꾼다
동네 뒷산의 높이에서 보아도
사람들 사는 세상이 작기도 하다

무수한 작은 불빛들의 꽃밭
저리들 반짝거리며 애써 살고 있구나
황매화와 철쭉꽃이 피던 쌍둥이 나무 밑을 지나
중랑천으로 내려가는 어귀의 공터에서
우린 마주보고 체조를 한다
굳은 몸의 마디에서 뽀드득 소리 들리면 빙그레 웃는다
목을 제쳐 하늘을 보면 나뭇가지 끝의 달님은
서정주의 초승달로 비껴가거나
더도 덜도 아닌 환한 보름달
아내는 꽃이 피면 뚝방 길로 산을 내려가잔다
벚꽃 피면 산길 가득 하얀 꿈이 빛나리라
나뭇잎들이 무성해지면 밤길이 무서울 거라는 겁 많은 아내
같이 가는 길이면 무섭지 않아
또 하루의 작은 깔딱고개 넘어서 집으로 간다
아내는 돌아가 아이들에게 과일 깎아줄 생각에 걸음을 서두르고
고마워라 오늘도 걷게 하셨으니
단잠도 주시리라

2009. 3.

# 헌화가
- 어머님께


어머니
봄나들이 가요
고운 옷 입고
바람난 처녀처럼

노랑 개나리 길 가다
맞춤한 온갖 나물들의
언덕을 만나면
따순 봄볕에 기대
쑥향이며
달래향 드세요

저는 막걸리 한 사발 마시고
꽃 따러 가야지요
팔십 평생 고생꽃 멀미 나신다지만

고마운 봄이 오셔서
이름 없는 산비탈마다 숨어
낭자하게 울어 피는
진달래 모가지
아름 따다

치마폭 가득
꽃을 드릴게요

붉게 우세요
잃어버린 연분홍 꿈은
지울 수 없어요

백 년인들
봄이 질까요
꽃이 질까요
끝도 없이 어머니
봄길을 가요

2009. 4.

# 봄볕 가득한 산소에서

아버님의 고향이니
저의 고향인 것을
봄의 들을 지나는데
복숭아꽃 사이로
밭일 하시느라 어르신들이 분주하십니다
매화며 살구꽃들은 먼저 가셨습니다
꽃이 지고
꽃이 피고
봄은 숱한 생명들의
오고 가는 길목이어서
탄생이며 죽음의 좋은 학교입니다
산소 옆 아저씨네 집 마당
금잔디들의 푸른 물이 어린아이들 같아요
아버님이 나신 집은 잘 있네요
검정 강아지가 반갑다고 웃어요
패랭이꽃들의 마을 앞길에서
올해도 수선화들의 정갈한 몸을 만납니다
나머지 생만이라도 청정할 수 있도록 도와주세요
술 안 하셨으나 막걸리는 가져왔습니다
담배 한 개비 맛나게 드세요
어머님은 덕산까지만 오셨어요

수덕사 봄나들이도 힘겨워하셔서

저만 혼자 왔습니다

아버님 머리에 또 쑥이 자라네요

혼자 왔다

혼자 가는 줄 알았는데

작아서 귀여운 하얀 들꽃송이도 들렀네요

한 개비의 연기만큼 피어오르다

하얗게 스러지는 것이 사람 사는 일이어서

파란 하늘 따사로운 봄볕이 사무쳐와요

귀한 봄날은 놓고 갈게요

아직 피지 않은 백일홍도 남겨두었습니다

환한 날만 가득하시길

2009. 4.

# 오래된 사랑
- 결혼기념일을 잊고서

새벽에 눈 뜨니
어제였군
작은 소리로 아파하는 아내
잃어버린 14k 반지 대신
진주반지가 갖고 싶은 그러나
산을 걷다 두고 온 그림들이 그리워서
서로의 선물로 최상급의 똑딱이를 사는 것이 낫겠다던
언젠가의 선물은 삼십이 색의 연필이었지
하나씩 꺼내 쓰다 보니 양철통엔
무채색의 색연필 두 자루밖에 남지 않았네
고운 꿈에 줄 그으라더니
꿈의 오월에는 앞뒤가 훤히 트인 대청마루에서
손수 가꾼 채마밭을 내다보다가
모시옷의 나무꾼은 책을 읽고 있고
한 소쿠리 고구마를 마음껏 먹은 선녀는
푸른 바람 이불 덮고 낮잠을 잔다고 했지
그제까지도 기억하던 날을
어제는 잊고 사는 생활
꿈이야 잊을까
숱한 고생이며 아픔이며 눈물을 잊을까
그리하여 사랑이야 잊을까

그날이 오면 손을 잡고 돌아가보자
오래 걸어온 길모퉁이마다
고운 뜻
새겨져 있으리니

2009. 5.

# 새벽달

이른 새벽에 누님의 전화
새벽전화는 푸른빛이다
너무 이른 시간에 전화했지?
괜찮아, 잘 지내?
운동화 보내려고 작은누나 편에
생각나면 바로 행동에 옮기는 큰누님
운동화는 답답해 샌들을 보내
예수님이 신었던 신발
광야의 먼 길을 걸었던
그 발을 보내
골고다의 언덕을 힘겹게 오를 때 신었던 걸로
질긴 것으로
태평양 파랑 바다를 헤엄쳐 넘는
꿈을 종종 꾸곤 했었다는 누님
가난한 목사 남편의 신앙을 좇아
친정을 일으킬 수 있었던 교직을 내어놓고
가난한 달동네 난곡의 심방 길을 따라 나섰던 선생님
마음만 착하고 능력은 없는
교회 청소하는 집사님과 월급이 같아야 한다던 대한민국의 목사는
은혜가 없어 교회 성장을 못 시켜 퇴출당하는 사회인 것을
까맣게 몰랐던 순진한 사모

달랑 팔백 불 쥐고 미국으로 떠나
반 에이커의 저택과 반듯한 유치원을 일구어낸 생활력도
누적된 피로는 이길 수 없었지
실명을 눈앞에 두고
발가락도 움직일 수 없는 지경에 와서야
새벽 세 시에 아무도 듣는 이 없는 밤에
큰아들인 남동생에게 전화를 걸어
눈이 안 보인다고
고작 울기만 했었어
아이들 보고 싶다는 누님의 전화에
서둘러 찾아온 동생의 가족들 앞에서
약의 부작용에 온몸이 풍선처럼 부푼 아줌마가 되어
낯설게 웃던 누님
무력한 동생은 아프게 웃고 나서
현관을 열고 나와
담배 꺼내들고 울어버렸지
그렇듯 생은 아픈 것이었고
누님에겐 기도와 열심밖에 남은 것이 없었네
노후를 의탁해온 어머님마저 암에 걸리고
착한 목사님도 암에 걸리고
아파도 쉴 수 없어 일어날 수밖에 없었던 세월

온갖 임상의 신약과 스스로의 노력만으로

병을 견디고 이겨낸 오늘

척수를 타고 오르는 바이러스의 통증을 매 순간 겪으며

오늘도 밤늦도록 다시 일하네

새벽에 동생 부부의 신발 치수를 묻고 있네

누님께는 사는 일이 힘들다고 말할 수 없어

사랑을 말로 않고

몸으로 살았던 평생

눈물이 힘일 수 있었던 여인

하지 못한다고 주저하기 전에

먼저 했던 사람

누님에게 처음 시를 쓰는 저녁

샌디에이고 아름다운 해안가 언덕에

하얀 작은 집을 지어

이방 저방 누굴 위해 마련하고 싶었던

꿈 많던 억척 아줌마

먼 옛날의 작은 키의 당찬 계집아이를

나는 사랑하네

우리 앞에 펼쳐지던 아름다운 세상이 너무 아름다워서

같이 마음 벅차 맞장구치던 날들이 생각나는 밤

작은 일에 화낸 것이 작기만 하네

조금 살다

그냥 떠나고 싶은

세상을 다시 살아야 겠네

혼자 아픈 시간을 울며 보내는

힘없는 사람들의 무수한 밤이 있어

함부로 끌 수 없는

소중한 꽃등

불 켜져 지지 않는

작은 창들의 세상

그 어느 창에선가

초승달처럼 문을 여는

끝내

온 하늘 밝히는

보름달로 차오르는

작지만 큰

누님의 환한 미소

2009. 8.

# 산고양이

눈 덮인 겨울 산을 내려오다
산고양이 둘을 만났네
주먹만 한 새끼 고양이
엄마 따라 열심히 눈길을 뛰어가네

어여뻐라
눈부시구나
날 듯 휑하니 눈밭을
가로지르네

아뿔싸
문득 보이지 않는
어미를 깨닫고
작은 짐승의 울음소리
애가 타더니

얼어 죽을지도 몰라
나는 새끼 고양이를 품어 가려는데
모퉁이 돌아 비탈 밑
바위 틈새에 서서
묵묵히 기다리고 있는 어미

언 땅에도 바람 피할
집이 있었구나
고운 울음 울며
아가는 엄마 품에 안기고

우리도
찬 겨울 눈밭 길의
홀로 된 아이였다가
멀지만 따스한
집으로 가리

2009. 11.

# 순한 情
- 아내에게 바치는 생일 선물


한 여인을 만났네

청춘의 끝 무렵

추운 겨울을 걸어

꽃 피는 오월에

작은 집 짓기가 시작되었지

모르던 사람과 친해지는 일

쉬운 일은 아니었어

생명을 심어

아이들이 태어나고

벽돌 한 장만큼씩의

사랑들이 쌓여가고

때로 아프던 날들을 지내고 나니

아이들의 키만큼 정이 들더군

둘 다 열심히 늦도록 일하던 밤에

피로와 불안과 절망의 바람이

불어오던 집

살아보니 기쁨보다

고되고 슬픈 일이 많았지만

눈물도 힘이고

덤으로 웃음도 주시는 것을

혼자서는 깨닫기 어려웠겠지

고마워라

맑은 꿈의 기도로 남은 생활

험한 산의 끝자락으로

순한 바람 불어오더군

먼 길을 걸어와

또 한 고개의 마루에서 바라보는 집

남은 날들은

사랑일 뿐이야

아이들도 다 아는 우리들의 노래

오랜 벗이여

무욕의 옷 입고

나머지 날들의 뜻을 물어보세

다 왔거니

들꽃들의 능선길

저만큼 선연하게 피어 있으니

2010. 2.

# 작은 나무의 노래
- 결혼기념일의 선물

아내야
오월의 아침은 온전한 희망
부족하고 어리석게 살아왔지만
그날들을 사랑이라 부르자

내 마음은 어린 봄의 향기에
그저 싱그러워
느티나무 아래 선다
보일 듯 새소리
나는 새들처럼 노래하지 못하고
나무마다 어린이들 반짝이는데
그들처럼이야 못하겠지만
혹은 조금 가끔 빛나겠다

피어난 꽃들을 보았느냐
그들의 순정은 매양 새로 나서
나도 그들을 닮아
해마다 피어나는 꽃이다

아파트 담벼락 밑 자목련마저도
꽁꽁 여며온 가슴을 풀어놓아

차마 나는 그의 고운 가슴을 보고
놀라 깨닫는다
시들지 않아라
우리는 벅찬 생명이어서
맞이하는 하루하루가
봄의 뜻이거니

아내야
해마다 오월이면
드리는 詩
꼭 이맘때의 나무로 살자
처음 본 듯
어린잎으로 태어나
열매를 잉태할 꽃으로 가자
늘 푸른 그리움으로
세월의 바람
너그럽게 웃으며

봄을
드린다

2010. 5.

Ⅵ        신 록

# 신록

봄빛을 캐다가
머금어진 기쁨

귀뿌리에 달아오른
하늘을 터뜨리고

눈꺼풀을 적시는
파랑새의 마음을

살며시 옷고름에 감고

베개 없이 누워 있는
가슴이 있다

1974. 고1때

# 천사像

日常으로 어지러운 책상 위

먼지 쓴 채
고개 내민

천사의 표정에 머물다

어둠 언저리에
빛이 짙은 얼굴

손에 집어드니
차갑게
사기로 만들어져 있다

감은 눈이
빈속을,
오랜 오후를 보는가

부드러운
고뇌로 서서

다시 몸은
조용한 기도

1980. 4.

# 野山

거짓 없는 피로

힘을 버리고
몸을 버리고

사람 없는 마을에
다시 오는 온기처럼

나머지 봄을
까칠하게 손잡아

웃음이 늦어도
굽은 허리를 잇는

저기
아득한 가난

1980. 4.

# 음악에

샹송을 듣는 강의실
노래
노래
창틀 흔들어대는 바람까지
여름옷의 감촉만큼이나
시원한 것인데
문법 아닌 노래가 의미하는 자유야
줄 풀고 비상할 줄 아는
너 아름다운 순결아
핑 돌아 들어오는
이 눈물의 조수는
왜냐

1985. 6.

시작 노트 : 중간고사를 마치고서 첫 불어시간. 수업대신 샹송을 들었다.
밝은 강의실, 오전의 시원한 바람, 싱싱한 노래, 허허로운 노
래의 아름다움에 잠겨서 참 슬픈 것이 사람임을 뭉클하게 느
꼈다.

# 혓바늘

혓바늘이라던가
피곤하면 혀끝에 돋아나는 거
숭늉 들이킬 제
슬몃 삼켜버려야 해
어제 따위 대순가
오늘 느낄 만치 회복됐으면 그만이지
매일 아침 덜 깬 눈으로
싱싱한 생선 맛 음미하긴 틀렸어
반 공기래두 포실한 밥기운 얼굴에 끼얹고
구두 신고 나가면 또 하루가 땡
딴 생각 있으면 배부른 것이지
몸이 가뿐하달지
바람 싱그럽달지
두루루 옛말
동네 골목 지나다 새소리나 힐긋거리면
살아남아 있는 것
찌뿌둥한 허리로 살아가기 몇 년
혓바닥 아픈 눈치 챘으면 다행
그렇다고 일요일 아침 같은 때
부엌 문턱에 주저앉지마
슬리퍼 같은 거 깔고 앉지마

몇 뼘 안 되는 볕밭에 감격해서
눈시울 가득 햇무지개 터뜨리며
온몸 다 맡긴 듯 다소곳하지마
봄날 구름 한 점 없는 하늘 아래거든 차라리
수돗가에 어지러운 빨랫감을 보든지
처마 쪽에 빛 안 드는 선인장의 가시
네 혀 속의 바늘을 챙겨보든지

1985. 3.

시작 노트 : 아침밥을 먹는데 혀끝이 아팠다. 부끄러운 식사를 하고서 부
1     엌문을 나서는데 봄날 햇살이 너무도 눈이 부셨다. 눈두덩을
      누르며 문턱에 주저앉아 버렸다. 온몸이 나른하도록 따사로
      운 볕이었다. 저녁에 그 생각을 다시 했다.

      생활에서 오는 피로. 잠시의 휴식. 햇덩어리 어느 구석인가에
      도 혀에 돋는 바늘이 있을 수 있을까. 양지녘에 앉아서 바라
      보는 그늘은 참 정이 가는 것이다.

      나무받침 위에 꽃도 잎사귀도 없는 선인장이 참 오래도 마음
      을 붙잡고 놓지 않았다. 강렬한 빛과 차가운 그늘을 연결하고
      싶었다.

시작 노트 : 늙은 학생이 겁도 없이 시를 써보겠다고 대학의 문학회에 들
2     어섰다가 낭패를 보았다. 대선배님의 친구라고 애들이 두 손
      으로 술을 바친다. 웬 술들은 고래처럼 마시던지. 여학생 하
      나가 쓴 시 있음 줘보래서 위의 혓바늘을 보여줬더니 시를 쓰
      기보다 소설 쪽이 좋겠단다. 시보다 시의 메모가 좋다면서.

265

# 토요일의 유행가

홀로 보내는 토요일
밤은 이슥해
어데 없이 그리운
강이 흐른다

귀뚜라미 아득한
소릴 들으며
조용히 기다리는
기나긴 뱃길

빈 종이엔 흘려버린
노을이 한 잎
속 깊던 여인처럼
말없이 스치고

오늘은 물빛
온갖 꽃을 거두어
정갈한 옷을 입고
손을 흔든다

삼등칸의 선실

작은 창에 기대어
무심히 지어보는
별리의 웃음

병의 술이 다했으니
다정을 잊고
꿈결이라 푸르른
뭍으로 갈까

1985. 9.

## 무딘 꼬챙이의 노래


눈을 감고
한참을 서 있노라면
종일 판
웅덩이는 보이지 않는다
종이처럼 쓰러질 뿐
맨땅에 별과 새만 반갑다
자루까지 깊숙이
몸져누워
부르르 떨고 있는
무딘 꼬챙이

1986. 2.

# 소망

환한 얼굴 가득
손 안에 싸안고
심장 울렁이는 소리에
귀 기울이런다

하늘은 아직도
먹빛이 두터워
이마까지 어둠이
짓눌러오지만

여려도 푸르른
순결한 눈으로
본디 하늘 한 군데를
지켜보련다

그쳤다가 다시 오고
또 다시 오는
비 젖은 오늘은
그치지 않아

가랑비 잦아든

조용한 저녁에
무심코 나는
기도를 하는데

구태여 소리 없이
물빛으로 타는 마음
스스로 어둠 밀어
사과만큼 영글도록

흐린 날을
새우며
기다리련다

1986. 3.

# 그늘 아래 씨앗의 비밀

구길 나락이 어데고
그늘 아래 씨앗의 비밀이 몇 섬이기에

오늘 나는
한 뙈기 자갈밭 베개 하여
눈물로 꿈꾸는 것인가

모른다
찬 겨울밤
때 묻은 골방 벽에 기댄 몸으로야
나는 모른다

별 없어도
하늘 보며 미소할 뿐이다

줄기 江이 끝없이
길기만 하구나

1986. 1.

# 개미

개미, 너는 향기를 안다
사과껍질 밑바닥에 흐르는 소리를 좇아
조금씩 다가와
흔드는 너의 촉수
흐트러진 빈 방의 빛바랜 길을 걸어
쉬임 없이 개미
네가 가는 길
12시를 넘어드는 깊은 밤인데
개미, 너는 해를 꿈꾸는 게야
곱게 잠든 어느 양지를 가듯
시계 소리, 콘크리트
조용히 딛고
가는 허리 동여매고
네가 가는 길

1988. 11.

# 엘 그레코

어두운 데서 파랗게 빛난다
붓질한 눈이 굵고
몸은 청동으로 빚어져
커다랗게 서 있다

영원보다 사람이 크다
生活하고는 또 다른 나의 나라
비록 이곳에 있으나
무수히 어깨 대고 무리지어 있지만

그늘져 너울 깊이 접힌 옷자락 밑
불거져오는 영혼을 보아라
되솟아 거듭 산맥 이루는
좁은 머리 육중한 몸을 보아라

담황색 짙은 황혼 뒤로하고서
경배하는 사람의
두터운 무릎

1988. 11.

+ 스페인 화가 엘 그레코의 〈기도하는 성 프란체스코〉를 소재로 함.

.

Ⅶ             기도

# 짬뽕 한 그릇의 기도

어느 하루인들
허락하시지 않으시면
오셨을까요
주시니 오늘도
빛나고 귀한 것을
달러 몇 푼이면 담요에 돌돌 말린 핵물질도
살 수 있는 세상이라지만
섭리 아니시면
들꽃 한 송이도 피울 수 없는 인생인데
부자들을 편들고
가난한 사람들은 업신여기는
불의한 자들이 득세하여
의인들을 핍박하는데도
엄한 벌로 혼내주지 않으시는
뜻을 묻다가도
저희 눈의 들보를 돌아봅니다
정직한 이들은 가시밥과
매운 소금으로 먹이시지요
악의 창칼로
압제의 모진 발굽으로
무딘 영혼을 깨우십니다

못쓸 놈들의 거짓 눈물과 거짓 입술
모진 무리들의 패악이 어지러워도
기어이 큰 홍수
마련해두신 것을 압니다
고운 무지개 한 자락은
덤이겠지요
오늘은
꿈과 희망의
짱돌 한 개로
맞서렵니다

비오는 날
짬뽕 한 그릇을 예비해두신
주님께

2009. 7.

# 어둡던 80년대, 희미한 옛사랑의 기억 1

-1987년 새해의 기도

새해 새 달에 기도합니다
덤으로 또 한 해를 허락하신 하나님
지난해 우리 허물 모두 덮어주시려
1월의 서울에 맨 처음 주신 선물은
어둔 밤서 새벽까지 곱게도 내려주신
하얀 눈의 정결한 마음이었습니다

이제 먼 아침이 열리고
저희들은 열두 고개 가보지 않은 길을
기도로, 빈 마음의 한 움큼 용기로
떨치고 일어서 떠나갑니다

새 들녘엔 햇살이 따사로이 비치고
곧고 바른 강줄기 이어질까요
굵은 숨 한 번 쉬어보지 못한
굽은 허리 헐어내고 곧추섭니다

꿈만큼의 바다로 크기도 크신 하나님
겨자씨 믿음도 없어 실족하였던 역사를 딛고
오늘 이미 걷고 있는 당신의 사람들이
접어드는 자리마다 같이하셔서

이 해가 다 가도록 싱싱한 노래로
거듭 살아 돋아나는 풀무리 되게 하소서

# 어둡던 80년대, 희미한 옛사랑의 기억 2
- 1987년 3월의 기도

이맘때 삼월은 기미년부터 시작입니다
그날엔 만세, 만세 소리로
봄은 터져나와 온누리에 가득하였더랍니다
후에 여러 해의 봄, 겨울이 지나고
신명 넘치던 그 첫날조차 잊혀진 삼월에
다시 저희들은 기도드립니다
빼앗긴 나라를 돌려달라는 기도가 아닙니다
반 동강 난 허리를 이어달라는 기도를 드립니다
이름 없이 죽어간 선열들에 부끄럽지 않은
제대로 된 나라 사람들로 살게 해달라는 기도드립니다
삼월이 되기 전에 죽어간 인권을 살려달라고
피워보지도 못하고 시들어가는
민주주의의 모가지를 바로 세워달라고
신념대로 떳떳이 살려는 사람들이
핍박받지 않게 해달라고
벙어리, 귀머거리, 앉은뱅이, 문둥이
모두 모여 기도드립니다
하나님이 주신 생명
그 영혼의 몫만큼
모자람도 넘침도 없이 그대로 족한
깨끗한 자유를 소망합니다

# 어둡던 80년대, 희미한 옛사랑의 기억 3
- 1988년 3월의 기도

새봄을 기다리며 기도합니다

이 아침은 쉼과 기도의 아침

참된 말씀에 귀 기울이도록

저희들 마음 문 열어주소서

들의 백합화와 하늘의 새들처럼

한 가지 깨끗한 마음으로

새 봄을 마련토록

새 숨결 주시고

새 순을 싹 틔우소서

이 예배로 주님과의 바른 관계 맺기 소망합니다

육신의 필요에만 마음 다 빼앗기고

영혼의 바로 됨에 소홀한 저희들입니다

매양 부족함을 저희들은 아오니

주님 매일 저희들과 함께하셔서

주님과 동행함으로 힘차게 일하고

이웃을 사랑하라신 주님의 말씀 명심하여

이 봄엔 험한 세상에

고운 들꽃 한 포기로 피어날 수 있도록

진정한 화해와 속 깊은 위로의 한 손길일 수 있도록

저희들 버려진 돌덩이

복되게 쓰소서

그리하여 어두운 곳에서
묵묵히 일하는 이들이
공의와 평강이 강물처럼 흐름을
기쁨의 눈물로 감사케 하소서
아름다운 구원의 나라를 그리며 드린
삼월 아침 기도의 마지막 소망
작은 교회 지켜주시길 또한 기원합니다
험한 시절 딛고 이긴 오래 참음의 보람을
알차게 결실하는 서른 날 되도록
우리 다시 만날 때까지
하나님이 함께하시기를
주 예수 이름으로 기도하였습니다

# 어둡던 80년대, 희미한 옛사랑의 기억 4
- 1985년 4월의 기도

함 선생님이 4월에 주님의 부활 있었음과
4월에 우리나라 혁명 있었음이
우연 아니라고 하였답니다
우리 평범한 무리들도
우리 역사가 우연 아님을 믿고 싶습니다
제 사랑하는 사람들의 아픈 살 먹고 사는 죄인들이지만
우연 아닌 단 한 번의 삶을
일 년에 열두 번 아니라
한 달에 네 번이라도 생각하고 싶습니다
어렵게 일주일을 살다
당신 앞에 오는 일요일 아침에
진달래 개나리꽃 만발한 4월의 빛을
제멋대로 넘쳐나는 남의 것으로 주시는 것은 아닐 것입니다
민주주의 눈부셨던 봄다웠던 봄
십자가 딛고 일어섰던 가난한 왕의 부활
4월은 본디 뒤엎고 일어섰던 달인데
유대나라서도 대한민국서도
제자리 떨치고 일어서
드높이 노래 부른 달인데
오늘 우리는 어떤 모습으로 서 있는지 돌아보게 하시고
주님 그다음엔 무엇을 하여야 할지 몰라

또 머뭇거리는 우리에게
4월 혁명은 답답한 가슴 뚫는 불꼬챙이로 주시고
부활의 소식은
지금부터라도 열심히 살아보자는
질끈 감은 두 눈의 눈물로 주소서

# 어둡던 80년대, 희미한 옛사랑의 기억 5
- 1987년 5월의 기도


빛의 하나님
어려운 세상일에도 불구하고
당신은 저희들에게 기도의 창을 열어두고 계십니다
열린 창을 의지하여 기도드립니다
죄 많은 세상을 한 무더기 쭉정이로 살아
뿌리 채 뽑힐 인생들이지만
슬픔은 슬픔대로 용서 바라는
이 마음에는 한 점의 거짓도 없습니다
너희 물은 다시 목마르다 말씀하신 주님
살아라 하신 대로 살지 못하는
저희들의 온갖 허물을 당신은 아십니다
애써 판 우물이 허무를 퍼올립니다
계약으로 질서 잡아야 할 세상의 근본이
폭력과 강권, 거짓으로 어지러이 흔들리고
혼돈과 무기력 속에 안주하여 죽어가는
신록이 더해가는 5월의 아름다움은
차라리 상처처럼 뼈아픕니다
선한 것으로 역사와 인간을 주장하시는 주님
반전하는 역사의 벽에 부딪쳐 두 무릎 꿇고
살아가야 할 생활의 곤고와 피로에 덜미 잡혀 시들어가는
저희들 여린 생명의 소생을 기도합니다

바른 것이 끝내 이김을 믿게 하시고
애써 사는 수고가 구원으로 이어짐을 소망케 하셔서
영혼만은 더럽혀지지 않아 욕됨이 없는
푸르른 흙무더기로 돌아가게 하소서

# 어둡던 80년대, 희미한 옛사랑의 기억 6
– 1985년 6월의 기도

우리 일조차 다 못하여 소란했던
5월 말엔 왔던 북의 손이 되돌아가고
길디긴 여름의 시작 6월입니다
아무도 믿지 않는 약속만이 남아
먼 옛날이야기로 멀어져만 가는 생이별
그때 6월엔 서로를 죽이기까지 하였습니다
역사 두루 보셨을 주님
오늘 기도로만 발뺌하려는 우리를
애통하게 하소서
애통하게 하소서
여기저기 이렇게 저렇게
힘들다 힘들다 이래서 저래서
버러지 같이 살아
오늘도 잠만 자는 우리에게
당신의 눈물만큼 고통을
당신의 축복만큼 환란을
더욱더 풍성히 주셔야 합니다
바로 겪는 연단의 숱한 6월이 지나면
통일된 6월이 절로 무성하겠지요

# 어둡던 1980년대, 희미한 옛사랑의 기억 7
– 1987년 6월의 기도

상도동 언덕배기를 터벅터벅 오르며
주님 걸으신 골고다 길을 생각합니다
감히 바로 걷고 있다 말할 수 없는
우리 하루하루의 비탈길을 생각합니다
무더위가 더해지면 그늘에 숨어
투덜대며 가쁜 숨 몰아쉬며
당신이 좀 더 낮은 곳에 계시기를 한탄도 해보지만
당신이 오르신 길이 나지막한 편한 길
쉬운 길 아니었음을
좇아 걸어가며 매일매일 가슴에 새겨둡니다
이제 이 시간 당신의 산마루에 올라
저희 연약한 육신 지탱할
굳센 믿음 주시기를 기원합니다
당신 앞에 바로 서서 온전한 영혼으로
말씀이 허락하신 충만함을 감사합니다
오늘 우리에게 일용할 양식 주시면서
하루의 노고는 그날로서 충분하다 말씀하시는 주님
회의하고 절망했던 이전 것을 다 버리고
거듭나서 새처럼 노래하는
기쁜 우리 힘한 날을 축복하소서
비록 지금 곤고해도 밝은 내일을 소망하여

깊은 사랑으로 두텁게 살아가도록
저희 몸에 살아 숨 쉬는 생명이신 주님
우리를 주장하소서
이 땅의 사람들과 이 땅의 역사가
바로 만나 새 하늘 이룰 그날을
당신은 기어이 마련하여 주실 것을 믿습니다

# 어둡던 1980년대, 희미한 옛사랑의 기억 8
- 1988년 7월의 기도


7월에 한목소리로 기도합니다

6월의 가뭄이 7월엔 해갈될 수 있도록

단비를 주옵시고

공의와 자유가 바탕 하는 사회로 가기 위해

고통을 겪고 있는 모든 이들에게

위로와 강인함을 허락하소서

저희 믿는 이들은 예수의 정신에 더욱 투철케 하시고

몸 된 교회를 온전하게 지킴으로

세상의 소금, 어둠의 빛의 역할 다할 수 있기 원합니다

힘겹게 하루 살아 또 하루를 소망하는 저희들이지만

작은 수고, 보잘 것 없는 저희 애씀이

선한 뜻, 당신의 섭리를 이루어감을 믿습니다

말씀으로 저희 생활의 중심을 지켜주시고

진리 안에서 자유로와

맡겨주신 일들에 성실함과

더불어 사는 세상에 몫을 더하는 소임을 잊지 않게 하소서

오늘 주신 일용할 것들에 감사드리오며

먼저 영혼 잘되기 원하는 매일 되게 하소서

# 어둡던 1980년대, 희미한 옛사랑의 기억 9
- 1989년 7월의 기도

더운 날들이 계속되는 여름입니다
모두들 기다리느니 시원한 바람인데
어데도 우리 쉴 데 없이
열기만 온 나라 가득합니다
홀로 자유할 수 없는 세상에 살면서
오늘 우리의 기도 충분합니까
"이웃의 아픔을 나누지 못하면 이웃이 아니다
사랑하지 않는 가슴은 가슴이 아니다
굳은살은 나의 살이 아니다"
어느 시인은 지치고 방향 잃어
무기력해진 우리를 꾸짖습니다
비틀려 고집스럽게 굳어만 가는
우리의 눈먼 살을 후벼댑니다
하나님 처음 자리를 회복케 하소서
시대의 속도와 현실의 무게가
우릴 미혹하고 짓눌러대도
하나님 주신 세상 바로 살겠다던
사람 된 책임의 한가운데 자리서
한 치도 우리로 물러서게 마소서
모든 것이 합력하여 선을 이루는
그 믿음을 우리로 잊지 않게 하소서

# 어둡던 1980년대, 희미한 옛사랑의 기억 10
-1987년 교회 창립일의 기도

교회 열한 돌의 축일을 맞이하여
당신께 드리는 첫 기도는
감사합니다
열한 해의 미혹을
열한 해의 불신을
열한 해의 좌절을
열한 해의 절망을
열한 해의 눈물을
고백하면서
그러나 감사합니다
사람들의 욕심으로 서지 않고저
교회만을 위한 교회 되지 않고저
역사 잊고 무릎 꿇어 버림받지 않고저
애초에 저희들이 소망했던 것은
씨앗
소금
빛
더운 낮 밤을 지나며
매운 시절을 겪으며
사람들은 만났다가 떠나들 가고
나머지 사랑의 여윈 모습은

당신의 조용한 미소를 닮았습니다
오랜 날을 먼 길 돌아
가난한 영혼 되어
아픈 세상 신음 소리에 속 귀 열리고
썩어 흙은 푸르름에 두 눈 트이어
비틀리고 억눌렸던 저희들의 뼈마디
대죽처럼 곧게 피는 꿈을 꿉니다
젊은 사자는 궁핍하여 주릴지라도
여호와를 찾는 자는 모든 좋은 것에 부족함이 없으리로다
말씀하신 주님
이제도 땅의 허망함을 일구어야 할
저희들 하룻날 삶의 갈급함을 아시오니
당신은 오늘 마실 물 주시고
시름 넘어 그리운 평화 허락하소서
여태도 저희들이 소망하는 것은
씨앗
소금
빛
사람의 욕심으로 말고
교회 위한 교회로서 말고
역사의 앞을 서서 당신께 구하렵니다

꼬박 열한 해의
미혹을 넘어
회의를 넘어
불신을 넘어
좌절을 넘어
절망을 넘어
눈물을 넘어듦을
고백하면서
그리고 감사합니다
열한 살의 죄인들이 교회의 축일을 맞아
당신께 드리는 마지막 기도
감사합니다

# 어둡던 80년대, 희미한 옛사랑의 기억 11
- 1984년 성탄일의 기도

오늘 주님 나신 성탄의 아침 날
우리도 새 몸 입어 태어납니다
하늘엔 영광 땅에는 기쁨
마음 모아 감사의 노래 불러봅니다
이천 년이나 먼 날에 오셨던 주님
오늘 이 자리에도 그 모습 보이시어
이렇듯 따뜻한 숨결
우리 곁에 계시옵니다
어느 해보다도 추운 겨울에
얼어붙은 마음들을 안 잊으시고
이 세상의 가난과 불행에 주시는 눈물이
햇살 되어 반짝이는 당신의 아침
아직도 머언 당신의 길을
다시금 걸어야 할 사람들의 세상을
한 아기 있어 비롯된 사랑으로
슬픔의 들판
쓰라린 언덕도 지나
끝날까지 빛으로 노래하렵니다

# 어둡던 80년대, 희미한 옛사랑의 기억 12
### -1987년 아기 예수 나신 날의 기도

얼룩진 지난날을 다 지우시고
깨끗한 새 것으로 주시는 주님
아기 예수 나기까지 긴 여정을 돌아
저희들은 이제 말구유
고요로움의 처소에서 기도합니다
세상일의 온갖 상처가 아파 울기도 했습니다
꿈이 깨어져 허망하기도 했습니다
아직껏도 구석진 어딘가에는
잊혀져 쓸쓸한 눈물이 있음도 잊을 수 없습니다
이 모든 고통과 회한과 기다림을 아시는 주님
당신은 저희들에게 별빛을 주시고
밝은 길을 내시어 저희로 경배하게 하십니다
찬미하게 하십니다
약속과 구원의 하나님
보지 못하고
알지 못하고
믿지 못하는 저희들에게
아기 예수 귀한 생명의 모범을 허락하셔서
저희들은 사랑의 잉태와 죽음과 부활을 알았습니다
사는 일의 신비를 노래합니다
탄생의 축복을 감사합니다

얼어붙은 땅에서 새움이 트고
짙은 어둠의 깊이에서 빛이 새어나옴을
주님 나신 날 저희들 다시금 깨닫습니다
귀한 아기 우리 마음에 새롭게 태어난 아침
감사하는 마음을 기도합니다

# 어둡던 80년대 후반, 희미한 옛사랑의 기억 13
-1987년 12월의 기도


이 아침엔 당신이 주신 한 해가 부끄럽습니다
일 년 내내 잠이 덜 깼던 두 눈이 무겁습니다
끝내 기다리시다 눈물로 떨구시는 당신의 말씀
돌이켜보면 온갖 허물로 가득한 한 해였습니다
민주주의는 제 갈 길을 못 찾고
공의는 불의에 짓밟히고
사람들은 길들여져 작아져만 갔습니다
처녀가 더럽혀져 감옥에 가도
통일을 앞세웠다고 결박을 당해도
젊은이들이 죽어가도
침묵과 굴종만으로 기도했습니다
패배주의와 무기력을 짝하여 찬송했습니다
교회마저도 순결한 노래가 시들고
생명이 썩는 병고에 신음하였습니다
이 모든 죄인 됨을 고백하면서
그래도 당신 앞에 고개를 숙이는 것은
아픈 응어리로 당신이 맡기신
그 씨앗이 터져 만개할 봄날을
숨죽여 소망하는 그 마음 버릴 수 없어서입니다

발문

# 최고의 휴머니스트,
# 진정 인간을 사랑했던 참교사!

### 관희 형을 추억하며

"꽃이 진다고 그대를 잊을 리 없다."

낡은 교사校舍를 돌아 후미진 공간. 학생들이 보이지 않는 곳을 찾아 우리는 쉬는 시간마다 함께 담배를 피우곤 했지요. 그날 그곳 모퉁이엔 갈라진 콘크리트 틈새로 민들레 한 송이가 피어 있었습니다.

"꽃들은 어디 피어도 참 이뻐."

형의 그 음성. 아직도 내 귀에 잔잔하게 남아 있지요. 저는 형의 나직한 음성에 화답 차원으로 부산 미문화원 방화 사건의 문부식 씨가 감옥 안에서 지은 시를 임준철이란 작곡가가 곡을 붙인 '꽃들'이란 노래를 가볍게 불렀습니다.

어디 핀들 꽃이 아니랴 / 감옥 안에 핀다고 한탄하지 않고 / 갇힌 자들과 함께 너희들 환한 얼굴로 / 하루를 여나니 / 간혹 담을 넘어 들려오는 소식들은 밝고 / 짐승처럼 갇혀도 / 우리들 아직 인간으로 남아 / 오늘 하루 웃으면서 견딜 수 있음을…….

형은 이 노래를 참 좋은 노래라며 제게 꼭 가르쳐 달라고 하셨죠. 그러겠노라고…….

바로 1년 전, 그날의 정답던 대화가 형과의 마지막이 될 줄이야 꿈엔들 생각이나 했을까요?

오늘도 그곳 후줄근한 교사 모퉁이를 돌면 후미진 구석엔 어김없이 형과 그날 같이 보았을 민들레가 피어 있습니다. 어디 핀들 꽃이 아니겠습니까? 따지고 보면 우리의 삶도 그러했습니다. 이 땅의 척박한 사립학교에서 양심을 지키며 살기 위해선 삶은 곧 몸부림일 수밖에 없었습니다. 콘크리트 갈라진 틈에서 피어난 꽃들처럼 굴곡진 인생이었으나 감사하게도 형을 만나 언제나 하루하루 웃으며 잘 견딜 수 있었는데…….

1994년 8월 23일. 9월 1일 2학기가 시작되면 정식 출근을 하기로 한 저는 임용 인사차 학교를 방문했습니다. 전임 한문 선생님과 아주 간단한 인수인계를 받고 있을 때, 막 수업을 끝내고 나온 앞자리 주인 관희 형은 저를 아주 반갑게 맞아주셨습니다. 한눈에도 사람 좋은 표정으로 활짝 웃으시던 형의 모습, 아직도 눈에 선합니다. 그날도 우리 둘은 담배를 피웠습니다. 형은 제게 인상이 맘에 든다고 하시며 "앞으로 좋은 인연이겠구만"이라고 하셨지만, 저 또한 형의 첫인상이 너무 온화하고 편안하여 직감적으로 좋은 인연이 시작될 것임을 단번에 느꼈지요. 그렇게 형을 의지하고 따랐던 세월이 17년 8개월 11일이었습니다.

그 세월 동안 자상한 가장, 따뜻한 지식인의 모습이 무엇이라는 것

301

을 잘 보여주셨습니다. 형은 권력의 오만함에 취해 있는 자들에게는 언제나 당당하셨고, 가난하고 소외되고 힘없는 약자들에 대해서는 한없는 연민과 연대 의식을 발휘하는 모습을 보여주셨습니다. 가장 인간적인 품성으로 사람에 대한 믿음과 희망을 단 한순간도 놓지 않았습니다. 형의 이러한 모습은 참교육을 지향하는 모든 교사들의 귀감이 되고 있습니다. 형은 그 어떤 교사도 도저히 흉내 낼 수 없는 가장 인간적이고 완벽한 이 시대의 참교사이셨습니다.

형은 상대적으로 열악한 지역 환경에서 자라는 충암고의 학생들을 항상 안쓰러워하셨습니다. 그렇지만 학생들을 가르치는 수업 시간 만큼은 정말 준엄하셨습니다. 형의 영어 수업은 그 수업 준비부터 꼼꼼함으로 빛이 났습니다. 수업을 알차게 해주기 위해 가르치는 교재는 언제나 빼곡한 메모들이 적혀 있었고, 수업 시간의 목소리는 혼이 담겨 있어 언제나 쩌렁쩌렁 울렸습니다. 수업 시간에 조는 학생들에게는 "이놈들 정신 차려라! 어떤 놈들이 감히 내 수업시간에 잠을 자냐?" 하시며 호통을 치곤하셨지만, 그 순간이 지나면 학생들에겐 지극히 따뜻하고 각별한 애정을 베풀어주시면서 생활과 입시에 지친 아이들을 기꺼이 껴안아주셨습니다. 비록 성적이 좋지 못한 학생들일지라도 장점을 최대한 부각시키고, 허물은 항상 따뜻함과 넉넉함으로 감싸주며 삶에 대한 용기를 북돋아주셨습니다.

특히 형의 탁월한 학급 운영은 아이들에 대한 세심함 그 자체였습니다. 학급의 아이들에게 생활노트를 쓰도록 권장하여 아이들과 소통을 이루고자 했던 일은 그 어떤 교사도 감히 흉내 낼 수 없는 성실성이었습니다. 수업이 없는 빈 시간에 형은 언제나 아이들이 제출한 이 생활노트를 점검하며 일일이 정성 어린 코멘트를 달아 항상 아이들과 호흡하려고 부단히 노력하셨습니다. 그 생활노트의 효과는 실로 대단한 위력을 가지고 있었습니다. 자신의 생활을 점검하고 형의 조언을 받아 아이들은 전망을 그릴 수 있었고, 실천을 바르게 모색해 자신들의 삶에 건강성을 채워나갈 수 있었습니다. 그리하여 형이 맡았던 학급은 충암고 모든 학생들에게 부러움의 대상이었으며, 형은 학생들이 최고로 신뢰하고 존경하였던 선생님이셨습니다.

형은 지금까지 제가 접한 사람들 중에 가장 진실한 예수님의 제자이며 그 어떤 문호보다 감수성이 풍부한 휴머니스트 시인이었습니다. 기독교에 대해 다소 부정적이었던 저에게 형은 본회퍼에 대해 말씀해주시면서 민중의 지도자로서의 예수님과 민중을 구원하기 위한 기독교의 숭고한 정신을 다시금 제고할 수 있게 해주셨습니다. 형은 기독교 정신을 기복신앙으로 변질시켜가는 기독교인들의 자세를 비판하였고, 대형화되어가면서 극우적으로 치달아가는 일부 교회들의 세속적 행태들에 대해 분노하셨습니다.

타종교에 대한 존중과 포용심으로 여행 시에는 그 어떤 편견도 없이 산사山寺를 찾아 경배까지 드리곤 하셨던 분이었습니다. 이런 모든 점을 비추어볼 때 형은 가장 신실한 마음으로 예수님의 참된 정신을 계승하고 실천하셨던 분이라고 저는 확신합니다. 형의 영혼은 예수님의 인간 사랑에 맞닿아 있었기에 저도 기독교 정신을 점차 긍정하게 되었고, 형의 믿음에 의해 감화되어 비로소 예수님을 진정한 성인으로 존경할 수 있게 되었습니다. 우리나라 기독교 신자들이 모두 형만 같다면 저는 분명 교회에 나가게 되었을 것입니다. 이러한 믿음과 그 사랑의 실천은 형의 시들에 그대로 응축되어 형성화되었습니다.

303

형의 시에는 길가의 작은 풀꽃 하나부터, 억압받고 가난하고 소외된 이웃들, 입시교육에서 버림받은 수많은 아이들, 그리고 사랑하는 가족과 동료들에 대한 한없는 애정이 담겨 있었습니다. 형의 시를 읽으면 참으로 따뜻하고 인간미 넘치는 작품들이었기에, 언제나 잔잔한 울림을 느낄 수 있었습니다. 형은 시를 새롭게 쓰면 항상 저에게 보여주셨지만, 형의 시는 "참 좋다"라는 감탄이 가장 적절한 평론일 만큼 더 이상의 수식과 표현은 오히려 군더더기에 불과했습니다. 그래서 저는 "언젠가는 형의 시들을 모아 반드시 시집을 내어드리겠다"는 말만 되풀이할 수밖에 없었습니다. 그만큼 형의 시는 저희들만 보기에는 너무 아까운 훌륭한 미적 형상들이었기에, 반드시 시집으로 내어드리고 싶은 마음뿐이었습니다. 그것을 제 평생의 과제로 생각하고 있었는데, 하찮은 제 일에만 매달려 차일피일 미루다가 형님 살아생전에 내어 드리지 못한 게 끝내 한으로만 남습니다. 그 약속, 그것이 이렇게 유고 시집이기에 더더욱 가슴 미어지는 아픔입니다.

하지만, 아파도 더 이상 슬퍼하지는 않겠습니다.

어디 핀들, 꽃이 아니겠습니까? 고달픈 사립학교의 후미진 공간에 피었지만 그 꽃들을 보면서 우리는 이 땅의 아이들과 교육을 이야기했고, 인간화된 세상을 꿈꾸었으며, 정의와 평등이 강물처럼 흘러 가난한 이들의 한줄기 눈물로 흐를 날을 간절히 기리며 몸부림쳐왔습니다. 그 꽃들은 지난날의 꽃들처럼 또 지겠지요. 하지만 꽃들이 진다고, 그 꿈같은 시간들이 흘러가버렸다고, 결코 형을 잊을 리 없습니다.

형이 남기신 시들은 바로 형의 맑은 영혼임 알기에, 그 시편들과 함께 형은 결코 우리 곁을 떠나지 않아 지금도 우리와 함께 호흡하고 있습니다. 저뿐이 아니라, 형을 존경했던 충암의 수많은 제자들도, 어린 시절부터 함께 아름다운 나날을 채웠던 형의 벗님들도, 그리고 형이 그리도 간절히 사랑하고 소중히 여겼던 가족 분들도 형의 시들을 통해 매일 형과 대화할 것입니다. 비단 형의 시들뿐이겠습니까? 형이 남기신 수많은 산문들, 내년 2주기에는 그 산문들을 정리하여 우리는 형의 정신을 더욱 오롯이 세워서 세상 사람들에게 알려나가겠습니다. 그리고 자랑스럽게 말하겠습니다. 여기 이렇게 한 시대를 치열하고 아름답게 살다간 진정한 휴머니스트가 시대의 양심으로 아직 우리 곁에 살아 숨 쉬고 있다고.

이윤찬 충암고 후배 교사

## 착한 동생 관희에게

"하루를 살아도 곱고 순하게 바른 뜻 지켜나가시라는 넉넉한 위로의 말씀을 어느 봄날에 듣습니다."

목련, 벚꽃이 지고 신록과 철쭉이 어우러져 싱그럽던 어느 늦은 봄날, 새롭게 필 무수한 꽃잎들을 뿌려놓은 채 넌 우리들의 가슴속으로 숨어들었구나.

소박한 공무원의 첫 아들로 태어나면서부터 넌 부모님께 기쁨을 주었다. 초등학교 시절부터 책을 통해 자신의 꿈과 이상의 영역을 넓혀갔고 착한 소가 되어 세상을 환하게 하고자 하는 꿈을 키워갔다.

〈신록〉, 〈버들 강아지〉라는 글을 통해 백일장 장원과 문예 부장을 하며 마음과 생활이 시이고 나무에 생명을 담는 일이 진정한 시일 거라 했다.
아름다운 영혼의 소유자로 자연과 사람을 사랑하는 시인이 되고 싶어 했다.

모범생이던 네가 고등학교를 스스로 떠나 독학의 길을 가고자 할 때 넓고 편한 길이 아닌 좁은 길을 택하는 널 엄마와 난 믿을 수밖에 없었다.
군대 시절 많은 고통을 겪으며 넌 강해졌고 제대 후 녹슨 머리를 깨워 입시에 재도전하는 강한 의지로 연세대 영문과를 통해 학문의 뜻을 펴갔다.

충암 고교의 영어 교사로, 세상에 진 빚을 갚고자 교직자의 길을 가게 된 너는 학급 신문, 생활 수첩 등을 통해 학생들 하나하나의 인성 교육에 정성을 기울었다. 성적이 최고인 시대, 대학을 위해 존재하는 고등학교 수업, 그런 교육 제도를 슬퍼하며 아이들을 가엽게 여겼었다.

아이들의 특성을 끄집어내주고 진로를 안내해주고자 노력했고 열정을 다해 가르치며 교단을 지키고자 했었다.

정성만이 선생의 무기라고 어미 사자의 마음으로 어린 사자들에게 진리와 꿈을 일깨워준 진정한 스승이었다.

순하디순하지만 강한 내면의 소유자로서 불의 앞에서 예민한 판단력을 내세워 남이 하지 못하는 말을 할 수 있었던 진정한 용기를 가진 너였다.

겸손한 자세로 사랑을 몸소 실천하며 가까운 곳, 작은 사람 하나하나에 정성을 쏟으며 사랑을 실천했었다.

들에 핀 작은 꽃의 생명을 소중히 여겼던 너.

착한 눈으로 보는 세상이 슬펐기에 너의 글은 슬펐다. 자신의 안위와 평안보다 남을 먼저 배려하는 너였다.

하나님의 말씀 실현, 변혁이 주체된 교회를 통해 아픈 삶의 현장에서 새로운 생명력을 불어넣고자 했던 젊은 예수의 새벽을 소망하던 작은 교회의 권사였다.

유월의 노래, 생명의 노랫가락으로 오래 사셔야 한다고 엄마에게 용기를 주었다. 어머니를 즐겁게 해드리기 위해 블로그 속에 자신의 모습을 사진으로 담았었지.

작년 2월 중순 어머니를 방문해 같이 드라마도 보아주며 이야기를 들어주었던 효성 지극한 아들이었다. 그때 찍은 사진들을 어머니가 심심할 때 보시도록 천천히 올리겠다더니 미처 다 올리지 못한 채 길 떠나는 네가 야속하기도 했다.

내가 아플 때 같이 아파해주며 누나를 새벽달로 표현해주었었다.

초승달처럼 문을 열어 끝내 보름달처럼 차오르는 환한 미소를 보내주고 싶었는데…….

죽음까지 한갓 자연일 수 있다는 너의 시구처럼 넌 우리의 새벽달이 되어 우리의 시와 기도가 되었구나.

사람이 꽃보다 아름답다고, 오월의 신부인 선녀를 나무꾼 되어 사랑했던 자상한 남편이었다.

곱고 순한 뜻 지켜나가길, 어린 왕자와 별에 대해 이야기 해주던 사랑하는 두 아들의 다정한 아빠였다.

넌 우리 가족의 큰 나무 되어 영원히 살아 있을 것이다.

2013년 4월

53년 허락된 너의 삶을 지켜본 누나가

연보

| | |
|---|---|
| 1958 | 충남 홍성군 결성면에서 이상욱과 김종숙 사이에 2남 3녀 중 장남으로 태어남. |
| | 이후 어린 시절을 외가인 소록도 근처 녹동에서 보냄. |
| 1967 | 초등학교 3학년 때 일가족 서울로 이주. |
| 1971 | 성일중학교에 입학. 교지에 글을 투고하고 백일장에 입상하는 등 문학적 재능을 발휘함. |
| 1974 | 경희고등학교에 입학하여 문예반 활동을 적극적으로 주도하며 점차 문학에 뜻을 품음. 당시 국어교사였던 소설가 전상국 선생님의 지도를 받음. |
| | 시 〈신록〉으로 '교내 백일장에서 장원', 이 시를 교지에 발표. |
| 1975 | 성적만을 강요하는 획일적인 교육과 권위적인 사학 특유의 분위기에 반발, 이후 검정고시 독학의 길을 택함. |
| 1976 | 오랫동안 다니던 교회를 떠나 이훈 목사님이 시작한 은혜교회 창립 교인이 됨. |
| | 독실한 기독교 가정에서 모태신앙으로 성장한 고인은 바른 교회에 대한 목마름이 강했고 이후 은혜 교회를 올곧은 신앙의 터전으로 삼음. |
| | 군대 입대 전까지 주일학교 교사와 주보, 회지 편집을 도맡으며 교회 사역에 몰두함. |
| 1977 | 유신 정권 말기 《씨알의 소리》와 《월간 대화》를 탐독하며 사회의식에 본격적으로 눈뜸. 이후 서울 YWCA 수요강좌에 적극 참여하며 이문영, 한완상, 리영희 등 해직 교수들의 강연 들음. |
| | 본회퍼. 키에르케고르, 틸리히, 보들레르 등을 탐독. |
| 1979 | 장남으로서의 중압감, 시국에 대한 우울과 문학에 대한 열정 등이 겹쳐 진로 갈등을 겪으며 여러 번 대학 입시를 포기함. |

은혜교회 회원 발표 시간에 〈예수 시대의 유대 사회〉를 발제함.

1980    교회 회지에 시 〈野山〉, 〈천사像〉, 산문 〈삼포로 가는 길〉 발표.

10월 춘천 보충대를 통해 육군에 입대함. 이후 강원도 양구 3사단에서 혹독한 군 복무를 경험함.

1983    3사단 33개월 만기 제대함. 다시 대학 입시에 도전.

1985    연세대학교 영문학과에 입학. 문학동아리에 참여하여 다수의 습작 발표.

시 〈음악에〉, 〈혓바늘〉, 〈토요일의 유행가〉 창작.

1986    시 〈무딘 꼬챙이의 노래〉, 〈그늘 아래 씨앗〉 창작.

1987    1년간 휴학.

1990    대학을 졸업하고 충암 고등학교 영어교사로 부임.

1991    교사가 되고 첫 담임을 맡음.

반려자 권연선을 만나 가정을 이룸.

1992    첫째 기윤 태어남.

1995    둘째 기석 태어남.

1999    전국교직원노동조합 충암고 분회 창립을 주도하며 평소 꿈꾸던 민주적 학교, 인간화 교육을 현장에 뿌리 내리기 위해 노력함.

2003    새롭게 시 창작 활동을 시작함.

시 〈경계를 넘어〉를 한겨레신문 시단에 발표.

2008    블로그 'withandalone'을 개설하여 생활의 잔잔한 아픔과 교육 현장에 대한 날카로운 성찰이 담긴 글을 열심히 올림.

2012    은혜교회 권사로 취임.

5월 6일 하나님의 부르심을 받아 소천.